聖者《せいじゃ》無双《むそう》
11
Eccentric priest and the Training to the death
サラリーマン、異世界で生き残るために歩む道
著：ブロッコリーライオン
broccoli lion
イラスト：sime
GC NOVELS

十二章 帝国への道筋と闇精霊の願い

CONTENTS

十二章 帝国への道筋と闇精霊の願い

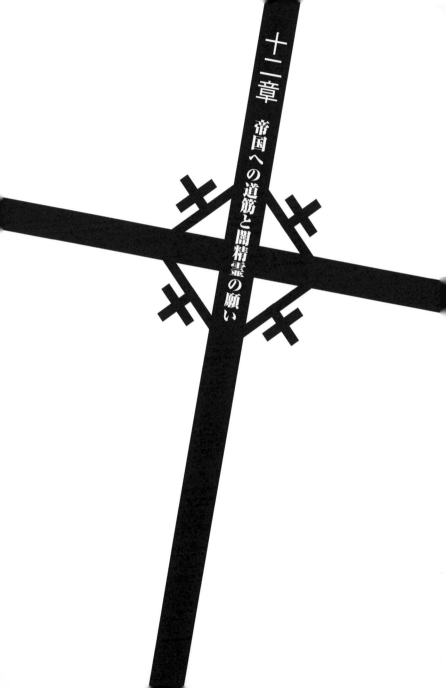

01 愚痴

誰でも理想と現実の狭間で苦しむことがある。

一つの選択で後悔する未来が待ち受けていたとしても、大事なものを守れるのなら、命を賭す覚悟は既に出来ていた。

ドンガハハにとってのその対象が聖シュルール教会であり、教皇様だったのだろう。

だけど今回の選択はただ守るためではなく、痛みを伴うとしても不必要な者を教会から絶対に取り除くという強い意志が感じられた。

その不必要な者の中には、S級治癒士としての資格を失ったままの俺も含まれていたのだろう。

俺の視点では邪神との戦いでアンデット化した師匠とライオネルに聖属性魔法となる【リヴァイブ】を発動して二人を救うことが出来た。

しかしその代償として聖属性魔法を失った俺は、藁にも縋る思いで空中国家都市ネルダールへ向かい、そこで治癒士から賢者へクラスチェンジすることで、聖属性魔法を取り戻した。

しかしドンガハハ視点で考えてみると、俺という聖シュルール教会本部のシンボルが聖属性魔法を失ったという噂を聞き、それを確かめようにも俺と連絡が取れず、たとえ公国ブランジュの策略だと九十九パーセント分かっていても、残り一パーセントを払拭出来ないため万が一に備え、もし噂が本当だったとしたら教会本部にいる腐った者達を巻き込んで一緒に処理する判断をしたのだろう……自分の命を懸けて。

今回の決断をさせてしまったのは少なからず俺にも責任があるかもしれない。

もっとドンガハハを信用し、何でも相談出来る関係であったなら……そう思わずにはいられなかった。ただ命を狙われる身としては、どんな状況でも納得することは出来ないので、憤りを感じる。

俺を貶《おとし》めた一連の騒動の黒幕が公国ブランジュだと告げ、教会本部と教皇様のことを俺に頼んだところでドンガハハは血を吐き目の前で倒れた。

直ぐに回復魔法で治療したので何とか一命を取り留めることが出来た。しかしドンガハハの慟哭にも似た想いの詰まった言葉が与えた衝撃は凄まじかった。

周囲を見回してみても皆が一様に複雑な表情を浮かべていることが分かる。

教皇様はドンガハハを涙目で見つめていたが、その目を力強く俺へと向けると、手を挙げて注目を集めた。

「落ち着くのじゃ。賢者ルシエルがいる限り、ドンガハハが死ぬことはない」

一息にそう告げると、今後の対応を皆に語って聞かせる。

「まずは魔族化した者達の罰じゃが、ジョブの力を剥奪する。また記憶の削除に関しては、魔族や他国の情報を調べたあとで改めて実行することを宣言しておくのじゃ」

教皇様の宣言を聞き、今回の騒動でドンガハハと関わっていた騎士達はその場で崩れ落ちた。しかし意外にも逃げたり反発したりする者はいなかった。それぞれが教皇様とドンガハハの話を聞いて反省し、罰を受ける覚悟を決めたのかもしれない。

教皇様は一人目の騎士の額に手を触れて何かを呟くと、その騎士は魂が抜けてしまったかのように茫然自失となった。

しかしその光景を見ても逃げ出す騎士は一人もいなかった。

教皇様はジョブを騎士達から剥奪する度に涙を堪えていた。

やがて堪えきれずに涙は溢れ出してしまうが、そのまま裁く彼女の姿を皆が目に焼き付けていく。

騎士達もジョブを失うことは恐ろしかったはずなのに誰も逃げなかったのは、きっと後悔していたからだろう。

ジョブを失うということはステータスが下がるだけでなく、スキルなども初期化される。しかしそれよりも恐ろしいのは補正がなくなることだ。

師匠達もレベルやスキルは初期化したものの、ジョブ補正のおかげでリハビリはスムーズに進んでいる。だが、もしジョブ補正がなかったとしたら、想像した動きに体がついていかずチグハグな動きになり、それが続けば本来の動き方すら忘れてしまう可能性だってある。

それは成人してから今までの自分の努力を全て失うことと同義なのだ。

だからこそ罰となるのかもしれない……。

「これで御主ら聖騎士や騎士のジョブは消失した。記憶を封じるまでの残り少ない時間は、教会を混乱させたことを悔いるが良い。そして御主らにそのような行動をとらせてしまった妾を必ず恨むのじゃぞ」

教皇様はジョブを剥奪した騎士達の顔を見てから深々と頭を下げた。騎士達は茫然自失となったままだったが、その多くが頬を涙で濡らしていた。

そしてゆっくりと顔を上げた教皇様は、覚悟を決めたように今後について話し始めた。

「今回の一連の責任は妾《わらわ》にあるのじゃ。これまで幾度となく教皇の座を降りて次代へ託すことを考えた」

いきなりの宣言に全員が石のように固まってしまう。

俺も少なからず動揺した。

「しかし迷宮が教会本部に出現してしまい、混乱させたまま教会を誰かに委ねるのはあまりに無責任だと思うたのじゃ。じゃが、このことを誰にも相談出来なかったことこそ妾の最大の罪なのじゃ。だから皆と一度面談をしようと思うのじゃ」

教会本部には約七百名が所属している。その一人一人と面談するなんて、何とも思い切ったことを言い出したな。

「面談では皆の考えを妾に聞かせてほしいのじゃ。自分がしたいこと、教会にしてほしいこと、何でも構わないのじゃ。もちろん全てのことを反映出来るわけではないじゃろう。それでもまずは皆の意見を聞き、皆に教会のことを好きになってもらうことから妾は始めようと思うのじゃ。どうか皆の知恵と力を妾に貸してほしいのじゃ」

その真摯な呼びかけが皆の胸に響いたかどうかは分からない。

ただ騎士達は片膝を突いて、胸に手を当てると頭《こうべ》を垂れ、騎士ではない者達は手を丸めて重ね合わせ祈りの姿勢を取っていた。

　これで教皇様の裁きも終わりとなる。

「ルシエル様、少々よろしいですか？」

　そろそろ閉幕にしようと端でタイミングを見計らっていた俺に、幾つかの羊皮紙を抱えたケフィンが声をかけてきた。

　あ、そうか。執行部を探ってもらっていたガルバさんが戻ってカトリーヌさんを連れていったのだから、同行していたケフィンが戻っていても不思議ではないか。

「うん。その手に持っているのは？」

「執行部を調べて見つかった関連がありそうな資料の一部です。まぁ大半は裏を取るためのもので必要なくなってしまったのですが……」

　教皇様とドンガハハが話していた内容が真実だったことを証明するもののようだが、何処か歯切れが悪い。

「何か引っかかることでも？」

　何やら悩んでいるのでとりあえず尋ねてみると、予想もしていなかった答えが返ってくる。

「その男ドンガハハは、最初から死ぬ気だったみたいです。これが遺書になります」

「遺書だって!?」

　小さくだが、思わず驚きの声を上げてしまった。周りにいた者達が微かに反応したが、騒ぎにはなっていないようだ。

遺書まで用意したとなると、ドンガハハが起こした騒動の経緯が書かれているかもしれない。教皇様は気丈に振舞っているが、精神的にだいぶ参っているのは間違いない。勝手な判断だけど、落ち着いたところで遺書を読んでもらった方がいいと思い、俺は閉幕することに決めた。

「遺書と分かっているってことは読んだってこと？」

「はい。ガルバ様と一緒に。それと同じ場所に魔族化に関する資料とその考察、召喚に対するリスクについて事細かく書かれた資料、さらには治癒院や治癒士、騎士の不正に関する資料がまとめられていました」

ドンガハハは俺が賢者として覚醒していなかった場合でも、教会や教皇様を守るための手段を模索していたことがよく分かる。

それでもこの騒動を起こすしかなかったのだろうか？　教会や教皇様を守る手段は他にいくらでもあったと思ってしまうのは、きっとドンガハハの一面を知っているからこその俺のエゴなのだろう。

「報告ありがとう。教皇様の裁きはもう終わっているし、教皇様に伝えるのは精査した後でいいだろう。教皇様を送ったら執行部への案内を頼んでもいい？」

「はい、もちろんです。あ、それと同じ場所に、私やガルバ様では触ることの出来なかった、微かに発光する首飾りがありました」

不思議な首飾り……なんかきな臭いけど、触れられないとなると調べてみないと駄目か。

ドンガハハには聞きたいことがたくさんある。必ず救って罪を償ってもらおう。

「その首飾りの案内もよろしく。それと一段落したとは思うけど念のため警戒もお願い」

「はっ」

ケフィンは俺に資料を渡し、手招きしているケティの下へ向かっていった。

ケフィンから預かったドンガハハの遺書と資料を読めば、全て繋がる気はしたけど、まずはこの場を閉幕しなければ。

「今回の件は教会を取り巻く様々な思惑が錯綜したことで起こってしまった悲劇です。私事ではありますが、S級治癒士になってから教会本部で過ごした期間は短く、皆さんの中には全く接点がない方もいます。だから噂で疑念を抱かせてしまった。そのことが残念でなりません」

俺は、今まで接点のなかった教会関係者に客観的に自分のことを曝《さら》け出すいい機会だと思い、閉幕する前に少しだけ自分の話をすることにした。

「教会本部にいなかった私ですが、一応様々な場所で教会のための活動はしていました。正直なところ皆さんのことを考えている余裕はなく、いつも治癒士なのに死と隣り合わせの生活を送っていました」

口に出すと様々な記憶が甦ってくる。

「まずはこの教会本部に出現した迷宮を丸二年かけて踏破しましたが、最後の半年は迷宮の罠により脱出することが出来ませんでした。魔法袋を教皇様から賜《たまわ》っていなければ命を落としていたでしょう」

皆の視線が俺に集中するが、俺は淡々と話していく。

「イエニスへ治癒士ギルドを新設しに訪れた日に襲撃などの妨害を受けたり、何故か迷宮に潜る前提で進み瀕死の状態になりながら赤竜を倒したり、利権関係から襲われたりしました」

ケフィンは遠い目をし、ケティは笑い、騎士達は若干引きかけている気がしたけど続ける。

「それからも赤竜との戦いは序章だったのでは？　そう思ってしまうほど魔物や魔族と死闘を繰り広げることになりました。今回は一時的に聖属性魔法を発動していなかっただけで、他国の謀略の餌食となるところでした」

そのせいで完全に引かれるか、英雄のように見られるかの両極端になってしまった。

「正直なところ、平凡で平穏に暮らすことがどれだけ贅沢なのか理解させられました」

俺がニッコリ微笑むと、皆は俺と視線を合わせないように俯いてしまった。

「私が伝えたいのは、私でも出来たということです。努力次第で皆さんは私よりも凄くなる可能性があるのです。きっとその情熱がこれからの教会の力になると信じています。それではこれにて閉幕させていただきます。各部署の責任者には残っていただきますが、他の方々は任務に戻っていただいて構いません」

「ルシエル、調べ終わったら教皇の間へ来るのじゃ。妾は先に戻っておくのじゃ」

「はい。それとドンガハハのこともお任せください」

「ドンガハハのこと頼むのじゃ」

「はっ！」

こうして教皇様はローザさんやエスティアと共に戻っていく。

俺は皆を見送ると、罰を受けた騎士達を教会にある牢へと入れてもらうため、ルミナさんに話しか

た。

「ルミナさん、申し訳ありませんが、戦乙女聖騎士隊《ヴァルキリー》には彼等を牢へ連行してもらいたいのですが……」

「承った……。ルシエル君、あとで少し時間をもらえないか？」

ルミナさんは普段より少し緊張感のある雰囲気だった。

「このあとドンガハハの私室へ行きますので、そのあとなら大丈夫ですよ」

「牢への連行を終えたら、この大訓練場で待っている。そちらの用事が終わったら来てほしい」

「分かりました。それでは彼等のこと、お願いします」

「ああ」

それからルミナさんは戦乙女聖騎士隊に指示を出し、ドンガハハを除く魔族化した騎士達、さらには魔族化未遂だった騎士達を地下にある牢へ連行していった。

その場に倒れたままのドンガハハにもう一度エクストラヒール、リカバー、ディスペルをかけてから、一先ず隠者の棺へ入れておくことにした。

これで一段落かな……。あ、警護してくれていた師匠とライオネルにも声をかけておこう。

「師匠、ライオネルも巻き込んですみませんでした」

「構わん。それよりも」

師匠の視線は、解散を命じられてもこの場に留まった騎士達へ向けられていた。

俺は師匠の思いを察して騎士達へと声をかける。

「騎士団の皆さん、この方は私の武術の師です。またこちらの従者筆頭のことは知っている方もいると思います。この二人が戦闘指南を、皆さんの実力を高めるための模擬戦をしてくれるらしいので、強くなりたい方は是非挑戦してみてください。私が日頃どんな環境で訓練をしているのかが分かると思います。師匠、ライオネル、頼みました」

「おう。こっちは任せておけ」

「ゆっくりと調べ物をしてきて構いませんよ」

「分かりました。ケティは師匠達のフォローを頼むよ」

「了解ニャ」

俺はこうして二人の戦闘狂……いや、もはや二人の戦鬼を騎士団へと押し付けると、ケフィンに案内してもらって執行部の建物へと向かった。

「この建物は迷路みたいに入り組んでいるのに、一度歩いただけで迷わずに先導出来るのは凄いな」

「ははっ。幼少期からの癖で一度歩いた道は大抵覚えてしまいます」

「頼もしいな。何か道を覚えるコツみたいなものがあるの？」

試練の迷宮なら俺もメモを取って何度も歩いたから未だに道は覚えているが、他の迷宮に関してはもう殆ど記憶が薄れてしまっている。

「コツ……ですか。う〜ん、簡単な方法は目印を覚えておくことですかね。あとは角を曲がる時に一度後ろを振り返ること。違った景色に見えるので、どう歩いてきたかを一度そこで思い返せば大抵は迷わないと思います。慣れてくれれば地図を見るように自分を上から俯瞰出来るかと」

「何事も一朝一夕では習得出来ないってことが分かったよ。まぁそうじゃなければやり甲斐もないけど……」

「そうですね。出来るようになった時はまた次の壁が出てきますから、日々修業しているようなものですね」

「確かに。日々修業……成人してから修業しかしていない気がするのは気のせいかな？」

「だからこそルシエル様は賢者へと至れたのだと思いますよ。それに今では斥候が私の役割だと自負していますから、これだけは誰にも負けたくないですし……」

「おおっ！　何だか救われる気がするよ、ケフィン」

「ははっ」

ケフィンと会話しながら、また前世を思い出していた。

ある時、お坊様の説法を聞く機会があった。

人は魂を仏様から借りていて、いつか返す日が来るまでピカピカに磨かなければいけないと言っていた。

ただ生きるだけでも磨かれはするけど、更に頑張れば頑張った分だけ魂の輝きが増して、今世も幸せになるし、仏様も貸して良かったと、また次の機会を得て貸していただく時はサービスしてくれるかもしれない。

そんな内容を思い出したのだった。

転生したからあれだけど、俺は魂を無事に磨けているだろうか？　仮に磨けているとしても、その分を豪運《ごううん》先生が直ぐに還元してくれている気がするから、もっと努力が必要だろうな……。

穏やかな生活を望んでいるのに未だ色々な件に巻き込まれてしまうってことは、よほど前々世のカルマが深かったのではないだろうか？

考えれば考えるほど、頑張れるうちに頑張って修業しておかなければ、穏やかな生活が遠退いていく気がするので、改めて精進することを決意した。

それから迷路のような執行部の建物の中を五分ほど歩いたところで、ケフィンの足が止まった。

「もしかしてここが？」

「はい。こちらがドンガハハの私室です」

俺は来た道を振り返り、近くに他の部屋がないことを確認した。

「随分とこの部屋と他の部屋の距離が遠い気がしたんだけど？」

「中に入ればもっとそう感じるかもしれません。どうぞ」

ケフィンが扉を開くと、そこは俺……いや、広いと思っていたルミナさんの私室を質素だと思うぐらいの広い部屋だった。

「俺の部屋の十倍以上の広さがあるな。執行部にはどうやら資金が潤沢にあるみたいだね」

白を基調とした壁や天井、一目で高級だと分かるのに落ち着く感じのするインテリアコーディネート。

ドンガハハはとてもセンスがいいのだと心から思えた。

「そのようです。ただお渡しした資料があったのはこの部屋ではなく、書庫となっている隣の部屋です。そこの書棚の横にちょこんと置いてあった机の上にまとめられていました」

これだけ広いと、持て余してしまわないのだろうか？　それとも……。

ドンガハハのことを考えて書庫へ入ると、意外にも部屋はこぢんまりとしていて少し薄暗かった。

何処か落ち着く印象を受けたのは光源が優しい橙色だからなのかもしれない。

ケフィンが言っていた机は、俺の部屋にあるものと同じ簡素なものだった。

その引き出しを開けると、微かな光を放つ、野球のボールぐらいの球体が填《は》め込まれた首飾りがあった。

何だか首飾りというよりは、鎖で球体を封じ込めているような印象だ。

「これについて書かれている資料はなかったの？」

「どこにでもありそうな普通の首飾りですし、日記もガルバ様がざっと目を通していましたが、記述されたものはないようでした」

諜報に秀でているガルバさんとケフィンが調べていないわけがないか。だけど普通の首飾り？　俺は疑問に思いつつ首飾りに手をかざした。

「微かに魔力を感じるな」

「魔道具なのですか？　ガルバ様も私も生憎と魔力感知は難しく、首飾りから魔力を感じることは出来ませんでした」

「それは仕方ないね。それにしても、う～ん、どうも鎖が球体を封印しているような感じがするな。なんて言うか二つの異なる魔力があって、鎖が球体の力を押し留めているような……」

「球体ですか？　私には幾つかの紐を編んである首飾りにしか見えませんが？」

どうやらケフィンには球体が見えていないみたいだな……。

「球体があるんだけど、何か見るための条件があるのかもしれないな……。ただこの封印を解くとまた何かに巻き込まれそうで怖いな～」

「それでは魔法袋に入れておかれてはいかがですか？　まぁルシエル様が触れることが出来れば……ですが」

「それもそうか。うん、触れられるなら魔法袋にしまっておけばいいか。ケフィンは今からもう一度何かないか探してみてくれる？」

「分かりました」

ケフィンは頷くと、書庫から出ていった。

「さて」

俺は特に考えることもなく首飾りに手を伸ばすと……普通に触れることが出来てしまった。

それだけに魔法袋へと収納するのを躊躇ってしまった。

そこでとりあえずドンガハハの遺書を読んでおくことにした。もう遺書は必要ないだろうし……。

俺は椅子に腰かけてドンガハハの遺書を読み始めた。


〈誰が読むのかも分からない遺書を書くことに抵抗はあるが、これを教皇様や教会のことを本気で思う者が読んでくれると願いたい〉

遺書は教皇様と教会のことを思う者宛てに記されたものだった。

そこにはドンガハハの生い立ちから、迷宮が出来てから彼が見てきた教会内部のことが、こと細かく書かれていた。

読み進めていくと、二年ほど前からイルマシア帝国で魔族が目撃され出したことと、ルーブルク王国で行方不明者が続出していたことに関連があるのではと睨み調査していたようだ。

そして半年前に俺がメラトニへ赴く途中で倒した魔族の死体が執行部へ運び込まれたことで、元人族や元獣人族が魔族化していることが判明し、公国ブランジュとイルマシア帝国へ探りを入れ始めたらしい。

しかし調べ始めて間もなく、ドンガハハは持病が悪化し血を吐いて倒れた。

自分がもう長くないことを知ったドンガハハは、自分の最後の仕事として魔族化の真相を探ることにした。しかし悠長に調べる時間が残されていないことから、外交の長である自分の立場を利用することにしたようだ。これまで何度も内応を促す諜報をされていたので両国との接触は難しくなかった。

あとはドンガハハが聖シュルール共和国を裏切る確証を与えることが必要だった。そこで要望の強かった俺や聖騎士の派遣を餌にしたというわけだ。

いきなりドンガハハが内応する意思を示したことでイルマシア帝国からの連絡が途絶えたらしいが、公国ブランジュからは直ぐに連絡があったらしい。

公国ブランジュから訪れた使者は、俺とルミナさんが率いる戦乙女聖騎士隊に興味を示していたようで、ドンガハハは使者から色々な情報を聞き出したと書いている。

その際、邪法となるが寿命が延びる秘術があると知りドンガハハが興味を示すと、邪法を教える代わりに俺やルミナさんの情報を与えるだけでなく、魔族化の実験の被験者として戦える者を差し出すことまで条件とされたようだ。

そして悩んでいた頃に俺が聖属性魔法を失った可能性があるという噂を使者から聞き、それが真実だった場合を想定して、教会が存亡の危機に陥る前に行動することにした。

しかし、彼には教会を再建させる時間が残されていなかった。

そこでドンガハハは悩んだ末、全ての業を背負うことを決断して邪法をその身に使うことを選んだ。

その対価として差し出したのは、教会の膿として吐き出すことにしていた人族至上主義者や、教会に対して不正を働いたり、情報を売ったりしている者達だった。

ドンガハハは彼等に邪法だが簡単に強くなれる力を得られるとしたら？　と問うたらしい。

すると彼等は悩む素振りも見せずに、執行部こそが教会の法だとして力を望んだという。魔族の力だと聞いても彼等の気持ちは変わらなかったそうだ。

こうしてドンガハハは覚悟を決め、騎士達は三ヶ月かけて、実験によってゆっくりと魔族化していったのだろう。

「これが本当なら、戦乙女聖騎士隊の魔族化はドンガハハが主導したとは思えないな」

魔族化した騎士達は公国ブランジュ側の信用を得たのか、教会でバレたら危険な悪魔を呼び出す召喚術が載った書をもらい、もしバレた場合を想定し、イルマシア帝国を隠れ蓑にするように念を押されたらしい。

そこまで知ったドンガハハは、魔族化した騎士達を自らの手で終わらせようとした。だけどそのタイミングで俺がネルダールから帰還し、賢者になったという情報を得て頭を悩ませたようだ。


〈私は彼を侮っていたのだろうか？　それとも教会を欺いた罰が私に下されたのだろうか……。教皇様や聖シュルール教会を救えるのであれば命など惜しくはない。願わくは彼がレインスター卿に比肩する英雄であってほしい〉


この文面を見て俺は一度遺書から視線を外し、天井を見た。

「期待が重いな……」

ドンガハハは俺のどこに希望を持ったのだろう？　もしそう思っていたのなら、もっと早く相談してほしかった。

そう思わずにはいられなかった。

一呼吸置いてから続きを読み進めていくと、召喚術の書について記されていた。

公国ブランジュの使者から受け取った召喚術の書は、ドンガハハが読み終えると同時に燃えてしまったらしい。

そこで覚えている範囲で文章を書き溜めたようだ。

先程ケフィンから受け取った資料がそうなのだろう。

魔族化の様子を記した資料と、魔族召喚のメモを残すと書かれていた。

ただこの遺書を書いた理由は最後の一文だけに込められているように思えた。

〔もし私が死んでこれを読む者がいたら、教皇様か賢者殿にこれを遺書として渡してほしい。教会が崇高で神聖な場所であり、人々の救いである場所となることを切に願う〕

「はぁ〜」

罪は罪、罰は罰。善悪が簡単に分けられればいいのに……。

人には色々と見えない側面があって、綺麗ごとだけではすまないこともあるのだろう。

そう思うとやるせなさに胸が苦しくなって、思わず息を吐き出した。

本当は気分転換したいところだけど、知っておくべきだろう魔族化の記述を読むことにする。

ドンガハハは、魔族化の状況について観察したことを日記のように書き残していた。

終盤のところで、俺は目を留めた。


〔公国ブランジュは過去に勇者召喚を行い、勇者ではなく世界を統べる力を手に入れたらしい。その力を試したところ、平野が谷となったのだとか。ただ現在はその力は封印されており、近々取り戻すらしいと語っていたが、これが本当ならば一大事だ〕

公国ブランジュ……もしかするとイルマシア帝国よりずっと危険な国なのかもしれない。

［どうやらイルマシア帝国の魔族化研究を公にし、公国ブランジュの魔族化研究の隠れ蓑にする気らしい。公国ブランジュの使者は既に策が出来ていると語っていたが、もしそれが事実だとすれば教会の結果を早急に見直す必要がある］

公国ブランジュの魔族化研究を隠すため、同じ研究をしているイルマシア帝国を囮《おとり》にしてでも時間を稼ぐ算段だったのだろうか？　それが事実だとしたら、聖シュルール共和国は帝国と公国に挟まれて大変なことになりそうだ。

それにしてもドンガハハが公国ブランジュではなく、イルマシア帝国の名を出したのは何故だったのか。回復を待たなければ分からないだろう。

ただどちらにせよ、戦力的に厳しいことに変わりはないから策を練らなければならない。

「このことは教皇様だけじゃなく、皆にも相談するしかない……」

ここで動かなかったら、そう遠くない将来に後悔という名の絶望の中で生きることになるかもしれない。

そんな危機感を覚えつつ、出来ることなら、前世の歳になるまでには落ち着いた生活をしたいと割と本気で思うのだった。

複雑な気持ちで書庫から出ると、ケフィンが報告にやってきた。どうやら部屋を隅々まで調べていたようだ。

「何かめぼしいものはあった？」

「この敷物の下に魔法陣がありましたが、何をしても反応がありませんでした。執行部はドンガハハが人族至上主義を謳っていたと言っていますが、それらしい資料は出てきていません」

教会のトップである教皇様がハイハーフエルフだと知っていて、人族至上主義の思想を抱いているのもおかしな話だしな。

もしかするとドンガハハは執行部を掌握するための口実にしていたのかもしれないが……実際のところはドンガハハしか知り得ないことだ。

さて、ケフィンから報告のあった魔法陣だけど……。

反応がなければ放っておこうと思ったのに、俺がその場でディスペルを唱えると、魔法陣が消え、床が崩落して階段が出現した。

「これは」

「ルシエル様、救援を呼びますか？」

そうケフィンに尋ねられるが、階段下を覗き込むと明かりが見えた。そのおかげで階段下はそこまで広くなさそうなことが分かる。

「いや、広くないみたいだし、このまま下りてみるよ」

「それなら私が先に行きます」

そう告げたケフィンは警戒しながら下りていった。俺もそれに続いて下りていくと、牢があった。

そしてそこには、何とグランハルトさんが正座した状態で囚われていたのだ。

「グランハルトさん⁉」

俺の声に反応したグランハルトさんが正座した状態で目を見開き、静かに頷いて告げる。

「ドンガハハ様は希望を持って逝かれましたか……」

「その様子だとドンガハハのことを？」

「騎士達の魔族化計画が進んでいることを偶然に知ってしまい、殺される寸前にドンガハハ様がこの牢に匿ってくれました。そして計画を全て教えていただきました」

「そのことを教皇様に報告してもらえますか？」

「無論です。それがドンガハハ様の最後の望みでもありました」

グランハルトさんはそう告げると立ち上がり、牢から出てきた。

どうやら施錠などはされていなかったようで、本当に匿われていただけなのだろう。

「ちなみに、そんな人頼みの最後の望みは受け入れられないので、ドンガハハは治療しちゃいましたよ」

そう告げ階段を上がろうとしたら、突然グランハルトさんが頭を下げた。

「賢者ルシエル様に最大限の感謝を」

「グランハルトさん、止めてください。俺は自分のためにするべきことをしただけなので」

そう告げて階段を上った。

「グランハルトさんは教皇の間に行って、教皇様にドンガハハから聞いたことを全て報告してください」

「承知しました」

グランハルトさんはもう一度頭を下げてから、部屋を出ていった。

「さて、俺もこの部屋を少し調べてみたかったけど、大訓練場へ戻った方が良さそうだから……」

師匠やライオネルの場合、弱くなったことで加減が出来なくなっている可能性もありそうで怖い。

するとケフィンは少し考えてから口を開いた。

「ルシエル様の許可をいただければ、もう少し他の部屋も調べてみたいのですが、よろしいでしょうか？」

「気になることでも？」

「はい。この部屋には魔族化させたという薬が見つかりませんでした。ですから、その遺書の裏づけとして他の部屋も調べたいのです」

「分かった。魔族化に関わった執行部の者達はほぼ捕縛しているし、好きにしていいよ。だけど何があるかは分からないから用心すること。あと無理や無茶はしないようにね」

「はっ」

俺はケフィンに入り口まで誘導してもらい、大訓練場までの道を聞いてから別れた。

大訓練場へ戻ると、そこには血を流している師匠とライオネルの姿があったが、騎士達は十数名倒れて動かなくなっているものの、それ以外の騎士達は傷ついてすらいなかった。

しかしその表情は決して穏やかなものではなかった。

「ケティ、これはどういう状況だ？」

「あ、ルシエル様。ライオネル様と旋風は、今の状態だと加減することが出来ずに殺してしまいそうだと言って、無手で相手をしているニャ」

「……そこまでして戦いたいのか？」

やっぱり直ぐに戻ってきて良かったな。二人とも痛みを気にしている様子はないけど、しっかりとダメージを受けているし、放っておいたら自制が利かず止めることが難しくなるところだった。

あの二人は戦闘というか闘争に飢えているから、騎士達を相手にして少しガス抜きにもなっただろう。騎士達にとっても良い戦闘訓練になったはずだ。

まぁ負けず嫌いな二人と戦うことで、恐怖を覚えてしまったかもしれないけど……。

「訓練は熱いぐらいがちょうどいいニャ。そして本番は涼しい顔してスマートに戦うのが、兵《つわもの》の矜持ニャ」

俺の思考を読んだように、ケティは腕を組みながら師匠達を見つめて口にした。

「格好いいな。でも、二人の場合はただ全力で戦いたいだけだと思うぞ」

「それは今更ニャ。たぶんルシエル様が戻ったことで、二人も武器を解禁するはずニャ」

ケティは諦めているかのようにそう告げると、二人の下へ向かった。

そして何かを話し終えると、師匠とライオネルの視線が俺を捉えた。二人は獰猛に笑みを浮かべたあと、おもむろに武器を取り出し騎士達へ宣言する。

「さて、お遊戯の時間はここまでだ」

「これからこちらも武器を解禁させてもらおう。ルシエル様がいれば腕の一本や二本切り落としたところで直ぐに治してくれるから安心するが良い」

「気を抜いた奴はあっという間にあの世に行くことになるから、訓練を終わらせたければ、ルシエルの魔力切れに期待するのだな」

「さぁ、続きをしよう。遠慮せずにかかってくるといい」

「どうした？　来ないならこちらから行くぞ」

ライオネルと師匠が、掛け合いをするように宣言すると、本当に騎士達へと突っ込んでいく。

「……どこから見ても襲いかかっているようにしか見えないな」

既に騎士達の士気は最低だと思うから、止めるべきなのだろうけど、さらっと俺のことを巻き込んでいるから性質《たち》が悪いよ。

「それでもあの二人がルシエル君の武術の師なのだろ」

後ろから声がして振り返ってみれば、いつの間にかルミナさんがいた。

師匠達に意識が集中していたからか、気がつかなかったので驚いてしまった。

「いつからそこに？　全く気がつきませんでした」

「ふふっ、ルシエル君はあちらに意識が集中していたからな。少し驚かそうと思ったんだ」

ルミナさんはイタズラが成功したとばかりに笑った。

そういえばルミナさんは師匠とは初対面だったっけ？

「師匠やライオネルは武術の師であり、人生の先輩であり、漢《おとこ》としての生き様を見せてくれる父や兄のような存在ですね」

「随分信頼しているのだな」

「ええ。師匠達と出会わなければ、きっとメラトニから離れずに治癒士をしていたと思います。イエニスでライオネル達に出会わなければ、もしかするとイエニスで散っていたかもしれません。そう考えると対人運があるかもしれませんね。メラトニでルミナさんに助けられたことも含めて」

「そう言われると、少し照れるな」

「本当のことですから。最初にルミナさんと出会っていなければ、治癒士ギルドへとすんなり行くことも出来なかったですし、治癒士の評判を耳にすることがなかったので、治癒士を嫌っていた冒険者ギルドで働くという思い切った行動に出ることが出来たのですから」

今思えば、冒険者に疎まれていると分かっていたら、冒険者ギルドへ行かなかったかもしれない。

そう考えると、あそこが俺の新しい人生の最初のターニングポイントだったのだろう。

「全てはルシエル君の頑張りによるものだよ。今では賢者にまで至った。普通なら出来ることではない」

「いつも命懸けで、諦めるという選択肢がなかっただけですよ」

褒められるのは嬉しいけど、本当に何処かで諦めていたら今ここにいないだろうな。

「ルシエル君の周りにいる者達が皆楽しそうにしているのは、ルシエル君がそういう姿勢だからなのかもしれないな」

「？」

「羨ましいと思う」

「俺もルミナさんと戦乙女聖騎士隊の皆さんがしっかりした絆で結ばれていると思うので、最初はずっと羨ましかったですよ」

それこそ歳が近い仲間がいて切磋琢磨していたら……いや、それだと好敵手《ライバル》だと意識して仲良くなれなかったかもしれない。俺は師匠やライオネルのような年上の存在がいたから頑張れたのだろう。

「ふふっ。ルシエル君はずっと変わらないな」

ルミナさんはそう言って、何処か懐かしむように微笑んだ。

「少しは成長したと思いますけど、もっと頼りにされるように頑張りますね」

「そういうことではないのだけれど、期待しているよ」

「その柔らかい口調は何だか新鮮です」

「そういうことは面と向かって言わないものだ」

「本音がつい……すみません」

どうやら余計な一言になってしまったけど、赤面しているのは恥ずかしくなったからであってほしかった。

「それでルシエル君にずっと聞きたかったことがある。ルシエル君は何のために戦いへ身を投じているのだろうか？　元々は治癒士だったのだし、やりようによっては戦闘を回避することも出来たのではないか？」

何のためも何も、師匠達のように好きで戦闘に身を投じたことなど一度たりともないのだけど。

「その言い方だと、俺までが戦闘狂みたいに聞こえますよ」

「あ、いや、そういうつもりではなかったのだが……」

俺が笑って答えると、何処か困ったようにルミナさんも笑う。

きっとルミナさんは命の危機と隣り合わせだったことを聞いて、その状況を心配してくれたんだろう。

何だかルミナさんには、いつも心配されている気がする。

それにしても何故戦うのか……か。

改めて考えると、始まりが聖龍との出会いだったことは間違いないだろうな。

迷宮を踏破して転生龍を解放しなければ、勇者が負けるという未来を知ってしまったのだ。

だからこそ出来る範囲でも行動しないと、きっとたくさんの者が理不尽に命を落とすことになるだろう。

そんなのは認めたくないし、魔族に対抗出来る手段を……力を与えられた時に、出来る範囲で行動すると約束をした以上、それを違《たが》えるわけにはいかない。

もちろんどこか理不尽な話ではあるけど、生き残るためには実はそれが一番正しい選択なのだから本当に嫌になる。

なんたって、この世界にはレベルという概念があるのだから……。

「実は最近になって気がついたのですが、どうやら俺は色々と厄介なことに巻き込まれてしまう体質らしいのです。しかも関わった物事を放っておくと最悪な状況になるみたいで……」

邪神に魔族。次々出てくる問題は早期解決を目指さないと、最終的には絶対に巻き込まれる。

まぁ今回は既に巻き込まれているから、ここで動かなければ最悪なケースになるのは間違いないだろう。

「それは厄払いした方がいいのではないか？」

「それで追い払えるのであればとっくにしていますけどね」

するとルミナさんは真剣な表情で俺の顔をじっと見た。そしておもむろに口を開く。

「……ルシエル君、公国ブランジュとイルマシア帝国、どちらへ向かうのだ？」

「どうしてですか？」

「公国ブランジュに向かうのなら色々な伝手を……いや、同行をさせてもらいたい」

そういえば公国ブランジュはルミナさんの故郷だし、親族もいるから心配なのだろう。

「ルミナさんが一緒なら心強いですね。ただドンガハハの意識が戻らないと選択出来ませんね」

まぁイルマシア帝国と公国ブランジュは魔族化に関して絡んでくるだろうから、どちらも避けたくても避けられないだろうけど……。

「たまにはルシエル君と行動を共に出来る任務があれば嬉しいのだが……」

ルミナさんの少し恥ずかしげな表情を見た瞬間、時が停止した気がした。

何と声をかけようかと考えてから、とりあえず返事をする。

「えっと、ルミナさん。俺はあ――」

「ルシエル!!　イチャコラしてないで騎士達を回復させてくれ」

「っ……分かりました。ルミナさん、一連の件が終わったら、今度はゆっくり時間を取って話しましょう」

師匠に絶妙なタイミングで言葉を遮られてしまったけど、フラグなんて今は立てない方がいい。グッジョブと思いながら、ルミナさんとのことは先延ばしすることにした。

好き、嫌いという単純な気持ちを伝えるだけなら容易いが、自分の気持ちがしっかりと固まらないまま返答することは失礼だから、今回は師匠の横槍に助けられた。

ずるいかもしれないが、今は色々と時間が欲しいと思う。何せこちらの世界では、俺の年齢であれば、付き合うどころか結婚している方が多いのだから。

「ふふっ、分かった。早く行ってやってくれ」

ルミナさんは嫌な顔一つせず、逆に微笑みながら、師匠の下へと急がせてくれた。

「はい、じゃあまた」

「ああ、また」

そうして俺は師匠達の足下に転がっている騎士達を回復させに行った。

02 登用

師匠とライオネルの前には、騎士団という名の山が出来上がっていた。

この二人にとってレベル差などはあまり関係ないらしく、後《ご》の先《せん》……所謂《いわゆる》カウンターの練習に騎士達はちょうどいい相手だったのだろう。騎士達を少し不憫に感じてしまう。

彼等は教会の守護者として騎士団を名乗っている。

その名に恥じることなく一定以上の力を保有していることは、俺もよく知っている。

その騎士団という集団に対して師匠、ライオネルという強力な個。

騎士団にとっては強力な個を制圧し封じる訓練となるし、師匠とライオネルもまた普段はなかなか出来ない多数を相手にする訓練になり、互いに貴重な体験になるはずだった……。

そこに俺が戻ってきたことで変化が生まれてしまった。

ある程度の怪我を負ったとしても、負わせたとしても問題ないと判断した師匠とライオネルの攻撃がまず激化した。

騎士団も何とか負けないように師匠とライオネルに喰らいついて、傷を負わせることに成功した。

しかしそれが二人の戦闘狂を修羅へと昇華させてしまう行為であるとは騎士達は知る由もなかったのだろう。

師匠とライオネルから求められて回復魔法を唱える。怪我が癒えると、二人は再び騎士団へと獰猛な笑みを浮かべながら突っ込んでいった。

そんな二人に対し、騎士達も何か感じとったのだろう。遠慮なく二人を倒してこの訓練を終わらせようと本気で斬りかかった。

そこからはまるで映画の殺陣《たて》を見ているようだった。

二人の修羅が騎士達の数多の攻撃を避け、受け流し、弾いていく。

だけど騎士達の攻撃はレベルの落ちた師匠とライオネルでは全てを捌ききることが難しく、切り傷が増えていった。

もしかするとこのまま師匠とライオネルが負けて終わるかもしれない、そう思った時だった。

師匠とライオネルは追い込まれ背中合わせになったところで、打ち合わせすることもなくその場で徐々に互いの背を守るように回転し、騎士達の猛攻を防ぎ攻撃に転じていく。

時には肉を切らせて骨を断つ戦法で騎士達の数を減らしていくと、騎士達の方に脱落者が出始めた。

そして一部の騎士が恐怖にすくみあがったからなのか、それが伝播したかのように騎士達に怯みが生まれてしまった。

それを見逃すほど師匠とライオネルは甘くなかった。

後の先ばかりだった二人が、先の先――相手の攻撃を自分のくみしやすいように誘導して、騎士団を個の騎士へと分断していく。

個の戦いになると同士討ちの危険性も増すため、騎士達は対応しようとはするがその前に崩されていく。

騎士達は次々に身も心も砕かれてしまい、それを察した師匠とライオネルはそんな相手は必要ないとばかりに気絶させ始めた。

「こんなに心身が弱くて魔族から教会を守れるのか？　ルシエルの方が断然戦い甲斐があるぞ」

「然り。このような体たらくで一体何を守るというのだ？」

師匠とライオネルは騎士団を罵るが、騎士達は二の足を踏んで動けずにいた。

二人は騎士団のその態度に、興醒めしていく。

そこへ声がかけられた。

「ここからは、私達がお相手致しますわ」

「兄ちゃん達が強いのは分かったけど、これ以上は騎士団の沽券に関わりそうだしな」

声の主は戦乙女《ヴァルキリー》聖騎士隊のエリザベスさんとサランさんだった。

魔族化に関わった騎士達を牢に入れ終えたのか、他の戦乙女聖騎士隊も武器を持って参戦するつもりのようだ。

「ほぅ。これが教会の最高戦力か」

「うむ、以前も手合わせしたが、彼女達が教会の騎士団の屋台骨なのは間違いないな」

戦乙女聖騎士隊が新設された当初、雑務と称して戦場への遠征や盗賊退治の命令が下り続けた。

きっと女性一色だけで創設された騎士隊を潰そうとしていたのだろうが、逆に彼女達はその逆境を成長の糧とし、レベルやスキルを上げ、また相互の信頼関係を築き上げた。

その結果、戦乙女聖騎士隊は騎士団の中で一番強くなったと聞く。

隊長であるルミナさんは、団長に戻ったカトリーヌさんよりも強いという噂もあるし……。

半年前、ライオネル、ケティ、ケフィンが騎士団と戦った際は戦乙女聖騎士隊も含めて退けていた。

あれからケティとケフィンのレベルが爆上がりしたこともあり、正直なところケティとケフィンならば負けることはないだろう。

但し、少しはレベルとスキルを戻したとはいえ、一度リセットされた師匠とライオネルがどれだけやり合えるのか、純粋に興味が湧いた。

しかし、この戦いが始められることはなかった。

何故なら——。

「ルシエル、お腹空いた」

「ルシエル様、そろそろ例の魔道具屋へ行きたいのですが……」

「ルシエル、戦闘を見ているのも飽きたから、そろそろ飛行艇に戻って魔導砲の設計をしたいのだが……」

ルシエル商会の生産技術部は既にかなりこの状況に飽きていたのだった。

確かに聖都に着いた時、太陽は真上にあった。しかし魔族化した騎士達との戦闘や後処理をするうちに徐々に日は傾き気がつけば夕日となっていた。

師匠とライオネルが騎士達と戦い始めてから三時間近くも経っていた。

二人の修羅はこのままでもいいだろうけど、戦乙女聖騎士隊は別としても騎士団は既に身も心もボロボロな状態だ。これ以上続けたら本業に支障が出るだろう。

それにリシアンはまだしも、ポーラとドランにへそを曲げられると、あとで面倒なことになりそうな気がする。

そのため本日の模擬戦はこれで終了してもらうことにした。

「師匠、ライオネル、今日の戦闘訓練はこのくらいで終わりにしましょう」

「ルシエル、こんな機会は滅多にないんだぞ」

まぁ、これからというところで戦闘訓練を止められたら師匠は納得しないだろう。

だからこそ教会の騎士団にも危機意識を芽生えさせるために提案をしてみるか。

「まずは周囲を確認してください。ボコボコにされてしまった騎士達は既に戦意を喪失させています」

「だから今度は戦乙女聖騎士隊と模擬戦をするのだろう」

「今から戦乙女聖騎士隊と戦うと完全に日が沈んでしまいます。これからだと、どうせ不完全燃焼になるのですから今日は終わりにしましょう」

「ちっ、まぁ確かにそうだな」

師匠は意外にも直ぐ心の整理をつけて妥協してくれた。

まぁそれはそうか。ただ熱いだけの人にギルドマスターが務まるはずがないからな。

ただフォローはきちんと入れておこう。

「飛行艇もありますから、今後は師匠が望めばたまにこうして教会本部へ出稽古に来ることも出来るでしょう。飛行艇もありますからタイミングが合えばまた一緒に迷宮攻略とか付き合いますよ」

「おう。それなら今度は物体Xを教会に持ち込み、気持ちが折れた騎士には物体Xを飲ませて奮起してもらおうか。あれはちゃんと飲めれば身体に良いものだからな」

師匠が騎士達にも聞こえるように言った瞬間、物体Xを知っている者達の顔から血の気が引いていくのが分かった。

きっと彼等はこれから少しでも強くなろうと努力するだろう……。

こうして騎士団と師匠達の模擬戦は時間切れで終了となった。

本来であればこれから教皇の間へ向かい、ドンガハハの遺書などを渡したり、報告したりするべきなのだろうけど、今回だけはその前に私用を優先させることにした。

転生者のリィナをルシエル商会にスカウトしたあと、冒険者ギルドへ赴き俺が出した依頼を取り消し、そのまま冒険者ギルドでグランツさんの夕食を堪能することに決めたのだ。

ガルバさんとカトリーヌさんの姿は見えないが、色々あるみたいだから放っておくことにする。そしてドンガハハの部屋を探っているケフィンを迎えに行こうとしたところでタイミングよくケフィンが戻ってきた。

「ルシエル様、戻りました」

「ちょうどいいタイミングだったよ。それであれから何か分かったことはあった?」

「はい。これはもしかするとルシエル商会として、教会から莫大な益を上げられるかもしれません」

「気になる言い方だけど、今から聖都へ出て、魔道具屋と冒険者ギルドへ行くから、その時に教えてもらえるか」

「はっ。それでは本日はこのまま聖都で宿泊される予定ですか？」

「聖都か飛行艇の客室かは、その時の状況次第かな」

「畏まりました」

ケフィンは返事をすると、端で暇そうにしていたケティの下へと歩いていった。

「それでは騎士団の皆さん、師匠やライオネルとの手合わせをありがとうございました。また近いうちに二人と戦闘訓練をお願いします。皆さんならいつかきっとポーラの十メートル級ゴーレムにだって勝つことが出来ると信じています」

その瞬間、騎士達が身体から魂が抜け出て、全ての感情をなくした能面のような表情となったのが印象的だった。

急に名前の挙がったポーラは首を傾げていた。


教会本部から出ると、師匠には先に冒険者ギルドへ行ってもらい、俺と護衛としてライオネル、ドラン、ポーラ、リシアンが付き添うかたちでリィナの店へやって来た。

『イラッシャイマセ　マドウグヤコメディアへ　ヨウコソ』

「やっぱり面白い」

「声を再生する発想がやはり斬新ですわ」

店に入ると、ポーラとリシアンは喋るゴーレムの下へ真っ直ぐ移動してベタベタ触り始めた。

一度来店したことがあるのにまるで初めて来たかのようなテンションに和むが、少しは自重というものを覚えてほしいとも思う。

「いらっしゃいませ。魔道具屋コメディアへ、ようこそ……あ、あなた達はあの時の！　それにあなたは教会の方では？」

接客してくれたのはリィナではなく、以前対応してくれた店員さんだった。

「こんばんは。リィナさんはいるかな？」

「あ、はい。少々お待ちくださいませ」

彼女がバックルームへ消えて直ぐにリィナがやってきた。

直接聞いたわけじゃないけど、発明品のアイディアからして、彼女はおそらく転生者だと思う。

「いらっしゃいませ、ルシエル様。色々な噂が流れていましたから心配しておりました」

「リィナさん、こんばんは。覚えてもらえているとは光栄です。それと噂は噂ですから」

「それなら良かったです。それで今回はどういったご用件でしょうか？」

リィナの視線は一度ドラン達へ流れてから俺へと戻る。

「本日は、私がイエニスで運営しているルシエル商会の生産技術部門にあなたをスカウトしたく、伺いました」

「えっと、私をスカウトですか」

さすがにいきなりのスカウトに面喰らったらしく、メガネがずり落ちそうになっていた。

「ルシエル商会で生産技術部長のドランだ。主に鍛冶をしておる」

「生産技術部のポーラ、魔道具製作のエキスパート。今は全自動調理器を作っている」

「同じく生産技術部のエース、リシアンですわ。私は魔物探知機を作っていますわ」

ドランは普通の自己紹介だったけど、あとの二人は明らかに盛った印象がある。

「うわぁ～お二人とも凄い発想ですね。私なんか鑑定が出来る魔道具をまだ製作している段階なのに」

リィナは笑顔だった……。しかしポーラとリシアンの間には見えない火花が散っているようだ。

「それで雇用条件に関してはリィナさんに満足いただける内容にしたいと考えています」

今でもお店は軌道に乗っているけど、前に話をした時の印象から、経営よりも魔道具製作をする時間を確保するため、スカウトに応じてくれるだろうと高を括っていた。

「……ごめんなさい。ルシエル商会には行けません」

しかし彼女は勢いよく頭を下げて断った。

何故か断られることはないと思っていたので、俺は一瞬理解することが出来ず呆けてしまうが、直ぐにハッとしてその理由を尋ねることにした。

「どうして断るのか理由をお聞きしてもいいですか？」

「実は私には夢があったんです。空を飛ぶ飛空艇を作るという。ルシエル様はお昼頃に教会本部へと下りていく飛空艇を見られませんでしたか？　教会本部まで行ったのに入れてもらえなくて……。私はあれを作った未だ見ぬ師のところで学ぼうと決めたのです」

その目には決意の炎が宿っていた。

「……ドラン、どうかな？」

「うむ。やる気はありそうだから引き受けてもいいぞ」

最初から値踏みするような目つきをしていたドランは、リィナの加入に前向きなようだ。

「ポーラ、リシアンは仲良くやっていけそうか？」

「技術者は技術で、魔道具技師は魔道具製作で語る」

「実際にどれだけの発想力と、それを実現出来る能力があるかが重要ですわ」

口から出る言葉とは違って、二人とも何処か嬉しそうに見える。

閃きの天才と努力の天才、そこへ異世界の記憶が加わったらどんなことになるのか、俺は楽しみになった。

「あの、ですから、ルシエル商会には行けないんですけど……」

勝手に話を進め始めた俺達に、リィナが待ったをかける。

「あれは飛空艇ではなくて飛行艇。その製作者がここにいるドラン。内装や空間拡張はポーラが担当している。そして飛行艇の所有者は私になります。もしうちに来る気があるなら、近日中に飛行艇に乗せることも――」

「師匠がいるのならどこまでもついていきます」

リィナはかなり食い気味に賃金交渉もないまま即答した。

「うん。それじゃあ店員さんもよければ一緒に雇用するから、条件の相談をしながら皆でこれから夕食でもいかがですか？」

それにしてもまさか飛行艇が雇用の決め手になるとは。これは久しぶりに豪運《ごううん》先生が仕事をしてくれたな。

きっとドランはこれから師匠として慕われるんだろうけど、負担が増えそうだからケアしないと……。

俺が苦笑しながらドランを見ると、ドランも同じことを思ったのだろう、額を手で覆っていた。

「はい。直ぐに準備をしてきます。ナーニャも一緒に行くわよ」

リィナはカウンターにいる店員さんにそう告げると、店員さんは吃驚《ビックリ》した様子で店を心配する。

「えっ、でもお店は？」

「今日は閉めるわ。これからの大事なことだから一緒に来てほしいの。私の師匠が見つかったのよ」

「!? なるほど、畏まりました」

やっぱり師匠と言ったか。いや、それよりもこれだけの会話で了承するなんて凄い信頼関係だな。

しかしテンションが先程とは全く違う。

「それじゃ、少々お待ちになってください」

「あ、ああ」

何処となく大人しめの印象だったリィナが、一気にパワフルな経営者へと変貌した瞬間だった。

きっとお得意様からビジネスパートナーに変わったからだろうけど、その変わりようにやはり女性とは分からないものだと、俺は呆けながら彼女達の準備が出来るのを待つのだった。

03 新たな通り名

魔道具屋コメディアの店主であるリィナと、店員のナーニャさん……ナーニャを連れて、俺達は冒険者ギルドへとやってきた。

「ルシエル様、ここって冒険者ギルドですよ」

リィナは飛行艇でテンションが上がっていたのだが、冒険者ギルドを見つけると少し強張った表情を浮かべてそう言ってきた。

「目的地はここだから。それとリィナさんが想像しているようなことは起きないから安心していいよ」

冒険者ギルドと聞いて転生者が想像するのは、荒くれ者で武器を所持し、酒グセが悪く絡まれるところだろう。

同じ転生者の俺が凄く怖かったのだから、女性のリィナが怖いと思うのは当然だ。

冒険者ギルドへと入ると、冒険者達から視線を向けられ、そして声をかけられた。

「聖変様、噂を流した黒幕を特定したんだって？　それに噂を事実無根だと証明したんだって？」

「でもよ、依頼出したんだから、せめて奢ってくれよ」

「それより、あのあと新しい通り名を考え……げっ、暴風娘テンペストが何故ここに？」

「退避だ。またギルドを破壊しに暴風娘が現れたぞ」

「げっ、出禁にしたってマスターが言っていたのに」

「聖変も物好きすぎるだろう」

「いや、あれはきっと破壊神となってしまう悩める子羊を救うために、聖変様が話を聞くのだわ」

「あ～、なるほど。確かに聖変なら、それが出来るかもしれないな」

「期待しているぜ、聖変様」

先程までフランクに話しかけてくれていた冒険者達は、何故か尊敬と期待の眼差しをしながら、一定の距離を取るのであった。

ちなみにその視線はリィナに向けられている。

「……リィナさん、一体何をしたんですか？」

「いや～魔道具を試すために地下の訓練場を借りたのですが、何故か魔道具が誤作動を起こして暴走してしまいまして……。訓練場の結界を吹き飛ばし、壁と天井の一部を破壊してしまったんですよね。ははっ」

リィナは目を逸らしながら、引き攣った顔で何があったのかを語ってくれた。

飛行艇で上がったテンションは既に見る影もなくなっていた。

なるほど……ビクビクしていたのではなく、挙動不審だっただけか……。

そこで追い討ちをかけたのがナーニャだった。

「笑い事じゃないです。あの時はとても大変で、店の売上の大半を修繕費に充てることになり、危うく路頭に迷うところだったじゃないですか」

……何故か俺の知ってる研究者で技術者って、いつも非常識と紙一重なんだよな。

「魔道具を暴走させるなんてよくあること。失敗は成功の母」

「結果を恐れていては、何事も前には進めませんわ」

「ポーラさん、リシアンさん」

リィナは感極まって泣きそうになっているが、彼女は分かっていない。

自分がここから落とされるのを……。

「だけど普通は暴走させても安全なように最初は威力や出力を抑える」

「それで予算を減らすなんて、普通は致しませんわ」

ポーラの発言は分かるが、リシアンは確か魔道具を開発するのに借金をして、最終的に奴隷商に売られたんじゃなかったのか？　もしかして同族嫌悪だろうか？

「い、今はそうしているわよ。ただあの時は飛行する魔物を倒す手段の開発を依頼されていて、納期がギリギリだったのよ」

リィナの負けず嫌いが発動したらしい。

下がったテンションを一気に引き上げた彼女達は、いい仲間になるかもしれないな。

俺がドランを見ると、ドランもこちらを向いて肩を竦めた。

どうやら思っていることは一緒のようで、さっさと食堂へ向かうことにした。

食堂に着くと師匠から声がかかった。

「おう、早かったな。料理は先に頼んでおいたぞ。それと向こうの席を確保してある」

そんな師匠は冒険者達に囲まれていた。

「随分人気者ですね」

「おう。若返ったおかげで舐めてかかってくれるから、相手選びに悩まなくていい。これから地下の訓練場に行く話をしていたところだ」

師匠はそう言って笑うが、メラトニの冒険者ギルドでも同じことをしていたのなら……。

そう考えると、師匠から逃げ出そうとしていたメラトニの冒険者達の気持ちも納得出来てしまった。

「……まだ戦うんですか？」

「いや、少し動きを見てやるだけだ」

そしていつの間にかスイッチが入ってしまうんだろうな。

しかし憧れの師匠と戦えるのなら、彼等にとっても本望だろう。

「分かりました。一応帰る時には声をかけますからね」

「おう。いざとなったら回復魔法を頼むぜ」

やはり戦う気満々だ。

俺は嬉しそうな師匠を立てることにした。

「加減は間違えないでくださいよ」

「おう。さて、待たせたな。聖都の冒険者の力を教えてくれよ」

「「おう！」」

旋風と呼ばれる師匠と話が出来て、実際に指導を仰げるのだから、冒険者達には励みになるいい機会かもしれない。

「行ってらっしゃいませ」

「あ、酒は飲むなよ」

「分かっていますよ」

師匠と冒険者達は地下の訓練場へと向かった。

俺はそれを見送ったあと、皆に移動してもらうことにした。

「さてと、ライオネル達は先に席に着いておいてくれ」

「……承知しました」

少し悔しそうに返事したライオネルは、ケティ達がいる席の方へと皆を向かわせる。

「あ、リィナさんとナーニャは一緒についてきて」

「は、はい」

そして俺は冒険者ギルドを出禁となっているリィナに声をかけ、ギルドマスターであるグランツさんの下に歩み寄った。

「こんばんは、グランツさん」

「おう、聞いたぞ。もう噂を解決したんだって？　まぁそんなことよりも一昨日の夜にここを出ていって、メラトニと聖都を往復して今この場にいることの方が俺は信じられんがな」

グランツさんは肩を竦めたあと、視線を俺の後方へ向けると今度は腕組みをする。

その視線は後ろのリィナを射貫くが、特段怒っている様子はなかった。

「まぁ普通ならそう思うでしょうし、まさか俺もここまでスムーズに解決出来るとは思っていなかったです。一応、依頼していた内容は完了しましたので、依頼の取り下げをお願いします。もちろんこの二日間で動いてくれた方たちで、この報奨金は分配してください」

「いいのか？　こっちは助かるが……」

この世界は持ちつ持たれつ。

動いてもらった分、対価を支払うのが普通だし、これ以上の恨みは誰からも買いたくないのが本音だ。

それで信頼が築けるなら、逆に安いものだ。

「はい。依頼はそのことを承知で出していますので。それでこの二日間で何か情報はありましたか？」

「いや、これといった情報は集まっていないが……それよりも何で暴風娘と助手がここにいるんだ？」

一瞬話そうとしたが、先程から気にしていたリィナのことを尋ねた。

「ははっ。彼女がギルドの地下訓練場を破壊した暴風娘だということは先程知りましたが、この度ルシエル商会の開発担当として迎え入れることに決めました。だから出来れば出禁の解除をお願いします。ここで実験させることはもうありませんから」

「……随分思い切ったことをするんだな」

「能力があって、人格が破綻していなければ、さほど問題ではないですよ」

「聖変……やはり物好きだな」

「ははっ。じゃじゃ馬が二人から三人に増えても大して変わりませんし、生産技術部の屋台骨であるドランが長としてしっかりしていますからね」

「丸投げはするなよ。でも俺がその立場だったらルシエルを恨むがな」

「ははっ」

グランツさんはリィナを見つめると、リィナが口を開いた。

「あの時は本当に申し訳ありませんでした。今後はギルドで魔道具を使った検証実験はしませんので、お許しください」

「聖変様が責任を取るなら問題はない」

「それじゃあお願いします」

「はいよ。今度何かあれば、聖変様に全て請求出来るから、安心してぶっ放していいぞ」

グランツさんはそう言って厨房へと消えていくのだった。

その姿を見て、俺は一つだけリィナにお願いをする。

「実験は出来るだけ、街の外でお願いします」

「……はい。ありがとうございます。これからも魔道具製作を頑張ります」

ファイティングポーズをとったことに嫌な予感がしたけど、今だけは信じることにした。

「……期待しています」

リィナの出禁を解いた俺は、皆がいるテーブルへと向かう。

既にテーブルの上には料理が並べられていたが、誰も手をつけずに待ってくれていた。

俺達はそこへ合流すると、リィナとナーニャに自己紹介をお願いして、食事を楽しむことにした。

「それでケフィン、さっき言っていたことなんだけど……」

「はい。実は教会本部を守っていた結界なのですが、直せるかもしれないのです」

ああ、それで教会に恩を売れるということか。

「で、方法は？」

「あくまでも可能性の話ですが、昔、教会本部を覆っていた結界は魔道具によるものだったそうで、その魔道具は故障したまま教会本部にあるらしいのです」

「魔道具？」

確かにありえない話ではないけど、それならどうして壊れてしまったんだ？　むき出しになっていたわけでもあるまいし……。

「はい。そしてそれは何者かによって意図的に壊されたと記してありました」

結界が魔道具によるものであり、ドラン達がいるからその壊された魔道具を修理出来るかもしれないと考えたんだろうか。

俺がそう尋ねると、ケフィンの答えは少し違っていた。

「いえ、しかしその結界の仕組みを調べた資料には、結界の魔道具は火、水、土、風、聖の属性魔力を同時に込めて発動されるとありました。その条件は満たせそうでしたので」

「他の情報は？」

「ありませんが、ドラン殿やポーラが作った飛行艇には風の抵抗を全く受けないように魔法障壁が展開されていました。これを五属性全てで発動することが出来れば、同じ仕組みを構築出来るのではないでしょうか？」

俺は聞き耳を立てているドランに聞くことにした。

「ドランはどう思う？」

「たぶんじゃが、ロックフォードに張られている結界と同じものかもしれんな」

ドランの言う通り、レインスター卿が関わっている可能性が高いからな。

「確かにロックフォードへ行けば手掛かりが掴めるかもしれないよね」

たぶん空中国家都市ネルダールも同じだけど、気安くは行けない場所だからな。

それにしても何気にレインスター卿って面倒見がいいよな。

俺が微笑むと、ケフィンは顎の前で拳を握り、考えを口にする。

「それでは行き先はロックフォードですか？」

これで何もなければどこでもいいけど、今は世界の危機だから仕方ないよな。

チート転生者が、世界平和のために公国ブランジュを何とかしてくれないかな……。

そんなことを思いながら、俺の考えを皆へ伝えることにした。

「教皇様との話し合い次第だけど、公国ブランジュがきな臭いから牽制するために一度訪問した方がいいと思うんだけど」

「それでは公国ブランジュへ赴くのですか？」

「全てはドンガハハが復活して情報を得てからだけどね。それとライオネルにとっては意外かもしれないけど、飛行艇がある今ならイルマシア帝国へ乗り込むのも悪くないかもしれないという気持ちもあるよ」

その瞬間、皆の視線が俺に集中した。

04 帝国へ赴く理由

空中国家都市ネルダールへ赴く前、一生行きたくないと思っていたのがイルマシア帝国だった。

理由としては意図せずに何度も帝国の策略を阻んだため、恨みを持たれている可能性が高いこと。

また、帝国が出した指示なのかは分からないが、悲劇に見舞われた人達を見てきたからというのもある。

だから今も出来れば行きたくないという気持ちに変わりはない。

歴史書によればイルマシア帝国は戦争を繰り返すことで領地を拡大し、厳しく規制し戦争奴隷を使い潰すことで経済を発展させてきた軍事国家らしい。

現在はルーブルク王国と停戦しているという情報はあるけど、未だに一触即発的な緊張感が窺える状況なのだとか。他にも各国への工作活動を行っており、人族を魔族化させる人体実験をしているとの噂もあったが、その実例は俺が賢者となって初めて治療したルーブルク王国のウィズダム卿で、彼が正に生き証人だ。

そんな国に誰が好んで行きたいと思うだろう。

しかし避けてばかりでは、真実を知ることが出来ないとも感じていた。

そこに飛行艇という、万が一に備えて脱出するための移動手段を確保出来たことで、少しだけ考えに変化が起きた。

俺達のテーブルは、先程まで談笑していたのが嘘のように静まり返り、皆の視線が俺へと注がれている。

俺は気持ちを落ち着けるために目を瞑り一呼吸置き、イルマシア帝国へ行く理由を告げる。

「帝国へ乗り込む理由は幾つかあるけど、このまま放っておくとかなり強化された帝国兵と戦う可能性が出てきたからなんだ」

「……それならば、そもそもイルマシア帝国へ行かなければいいのでは？」

皆が俺の発言に呆ける中、ライオネルが俺の意図を聞いてきた。

まぁいきなりだし、これで分かるはずがないか……。

「イルマシア帝国へ行くという選択肢を考えられるのはライオネルがいるからだよ」

「何故でしょう？」

「ケティ、ライオネル……戦鬼将軍の顔を国民は皆知っている？　あと一般兵にはどれぐらい知られているかな？」

「知らない人がいるとすれば、それは新参者だけニャ。ライオネル様は帝国の武の象徴だったから、所謂《いわゆる》イルマシア帝国の顔だったニャ。それこそ皇帝よりもその顔と武勇伝が知られていたぐらいニャ」

自慢げにそう教えてくれた。そしてその言葉を聞いて、帝国へ行った方がいいという気持ちが強くなった。

少しだけ不安なのは若返った見た目だけど、髭を伸ばせば何とかなるだろう。

無理なら化粧で文字通り化けてもらうしかないけど……。イエニスで初めて会った時は老人みたいだったのに、髭を剃っただけでかなり若返った。今度はその逆だけど、上手く化けられるといいな。もし上手くいけば、すんなり偽ライオネルを捕縛して帝国との交渉材料に使えるかもしれない。

「ケティ、ありがとう。実はドンガハハの遺書の中に魔族化に関する資料があったんだけど、今回の黒幕は公国ブランジュだと記されていたんだ」

「それならば公国ブランジュへ行く方が良いのではありませんか？」

「そうだね。だから迷っているんだけど、今回の目的は戦いではなくあくまで外交。その際に影響力のある仲間を考えた場合、与《くみ》しやすいのは？」

「帝国ということですか……」

「そう。聖シュルール共和国にとって最悪なのは、帝国と公国が軍事同盟を結ぶことだ。だからその場合はライオネルに頼りたいと思っている」

色々と話はしたけど、要はライオネルに決定権を委ねることにしたのだ。

断られれば公国ブランジュの一択で、その窓口をルミナさんにお願いすることになるだろう。

「現在の聖シュルール教会の騎士団では、公国ブランジュと同盟を結んでも帝国戦闘部隊に勝つことは出来ないでしょう」

そう断言したライオネルから少しだけ帝国人としての誇り《プライド》を感じた。

「ライオネルとかケティ、ナーリアの戦闘能力を見て俺もそう感じていたよ。だからこそ早いうちに帝国へ行くべきかもと思っていたんだ。今ならまだ魔族化した兵《つわもの》がいても不完全だろうし、意思を完全に失い狂化状態となる前であれば全て治癒することも出来るだろうから」

リスクは少なからずあるし、もちろん戦闘となってしまう場面も出てくるかもしれない。

それでも帝国民まで魔族化してしまったら、きっと世界は魔族や邪神に支配され、次代の勇者が出てくる前に滅んでしまう気がする。

それだけは避けなければ、いつまで経っても俺の穏やかな生活は訪れないだろうからな。

「ルシエル様なら、魔族化を治せることも証明されているので問題はないでしょうが……どうやらルシエル様の意識は、公国ブランジュよりもイルマシア帝国の方に向いているようですね」

「あくまでもドンガハハの情報次第だけどね」

「しかし飛行艇があるとはいえ、帝国には翼竜《ワイバーン》部隊があり、空を飛んでいても狙われてしまいますが？」

ライオネルの懸念はもっともだった。

しかし国境まで行くことが出来れば、そこからは馬で移動しようと俺は考えていた。

その方がライオネルのことを知っている者達から有益な情報を得る機会が増えるかもしれないと。

「翼竜部隊が出てきたら着陸して迎撃すればいいと思う」

「ルシエル様、それは無謀です。いかにルシエル様が強くなったところで、帝国には私が鍛え上げた万を超える兵達がいるのですよ」

ライオネルの鍛え上げた兵士が集う帝国。

考えるだけで、頭が痛くなる。

だけどその帝国兵がさらに魔族化して襲ってくるよりは何百倍もいい。

それに希望的観測だけど、帝国兵とは戦うことにならないとも思う。

「ライオネルが鍛えすぎて嫌われていたのなら話は別だけど、きっとライオネルは皆の憧れであったと想像している。だからこそライオネルには戦鬼将軍として、帝国へ凱旋してもらえばいいと思うんだけど？」

「凱旋……とは？」

ライオネルは戸惑いの表情に変わり、少し陰りも見えた。

「ああ。帝国兵には、ライオネルの名を騙って帝国を陥れようとしている偽者を倒しに行くと宣誓するとかはどう？」

「……帝国兵は私を信じるでしょうか」

俺がライオネルからケティに視線を向けると、ケティは頷いた。

「もし駄目でも俺が知っているライオネルだったら、戦場という名の遊技場で分からせればいいと言って嗤《わら》うと思っていたけど、勘違いだったかな？」

遊技場は言いすぎたか？　ライオネルはプルプル身体を震わせていた。

「言いすぎた――」

「ふふ、わっはっは。実に心躍りますな」

「――ではないよな。やる気になってくれたみたいだね」

戦場を遊技場と思えるのは師匠とライオネルぐらいだけど、前向きになってくれたようで何より。

「ルシエル様のご命令であれば、何事にも全力で立ち向かいますよ。それで、私の目標は偽者の私を倒すこと、そして帝国兵の相手でよろしいんですよね？」

「うん。それと最悪の事態も想定しておいてほしい」

「最悪の事態ですか？」

「仮に帝国の皇帝がライオネルを追い出し、魔族化計画を進めている場合、皇帝に刃を向けることになるだろう」

偽者のライオネルが皇帝を唆《そそのか》していたり、魔族化を推進していたりすれば一気に話は変わってきてしまう。

「……仮に魔族化計画を皇帝が進めているのであれば、私が皇帝を倒します」

ライオネルからは悲哀と覚悟が伝わってきた。

俺は皆を見ながら、今回の目的を再度告げる。

「さっきも言ったけど、帝国へ向かう場合の話として聞いておいて。目的は魔族化の研究及び研究所の破壊、そして全員が生きて帝国を脱出すること。どんなに瀕死の状態であろうと必ず救ってみせるから、絶対に即死だけはしないように」

「「「はっ」」」

ライオネル達が返事をする中で、戸惑いながらリィナが尋ねてくる。

「あの、ルシエル様、話が見えないのですが、私やナーニャも行くのですか？」

全く考えていなかったが、やはりここに残していくか。

「どちらでも構いませんが、戦闘になる可能性もあるので留守番の方がいいかもしれませんね。今回の作戦で帝国に降り立つのは俺とライオネル、ケティ、ケフィンだけですけど、危険がゼロではありませんし」

「そうですか」

二人はお互いを見て、ほっとした表情を浮かべた。

「別に人手は必要ないよね？」

「うむ。しかし思っていたより好奇心や探求心が弱いことに驚いたぞ」

「帝国にもきっと面白いものがある」

「翼竜の魔石を扱ってみたいですわ」

ドランの言葉に続いたポーラとリシアンを見て、リィナとナーニャは動揺しているようだった。

「まぁドラン達も帝国領に俺達を下ろしたら、飛行艇で聖シュルール共和国内に戻って待機してもらうよ」

「そうか。だが、断る」

「ええっ!?」

ドランのまさかの拒否に俺はうろたえた。

未だかつて、ドランに何かを拒否されたことがなかったからだ。

「帝国には苦汁を嘗めさせられたからな。儂《わし》は儂個人としてきっちり落とし前をつけさせてもらう」

どんな理由かと思ったら、まさかの復讐とは。

「えっと、ポーラやリシアンまで危険な目に遭わせることになりますよ」

「ルシエルがいれば死ぬことはない。それにゴーレムがいれば儂等がいくらでも時間を稼いでやれるぞ」

「ずっと牙は研いでいた」

「私も餓死寸前まで追い詰められたこと、まだ忘れていませんわ」

……ドランだけでなく、ポーラとリシアンの二人も完全についてくる気満々だった。

「ドラン、別に戦闘メインで行くわけじゃないよ？」

「分かっておる。しかし帝国はドワーフ王国を滅ぼそうとした。その報いだけは受けさせねば気が収まらん」

うん、全然分かってくれてないな。

ドワーフは一度決めたことは絶対に曲げないと聞いている。

だけどそんなことは言っていられない。

仕方ない。こうなったらドラン達の意識を生産へ向けさせるか。

「ドラン、帝国民全てが敵なわけじゃないし、まだ色々開発中のものがあるだろう」

「それはあとで開発すればよかろう」

「あとがあるならそれでも構わないけど、万が一の可能性はある。それに逃げることを想定するなら、飛行艇は必須なんだ。俺は翼竜なんかに大事な飛行艇を撃墜されたくないし」

「むぅ……」

ドランは苦虫を噛み潰したような表情を浮かべ、腕を組んだ。

もう一息で説得出来そうだな。

「飛行艇で無事脱出するにはやはり魔導砲が不可欠だと思う。それに魔力レーダーも必須だ。そちらの開発を優先して頼めないかな？」

「くっ、痛いところを突きおって……いいだろう、そこまで言うのであれば、魔導砲と魔力レーダーは責任を持って開発しておくぞ」

「よろしくお願いします」

何とかなったみたいでホッとした。

「ルシエル様、それでいつ帝国へ向かうのですか？」

「さっきも言ったけど、帝国に行くかどうかを決めるのは、ドンガハハから帝国や公国の情報を得てからだよ。教皇様とも今後について相談したいしね。まあ、師匠とガルバさんをメラトニへ送らないといけないから、行くとしても早くて一週間後ぐらいかな」

「それなら作戦を十分練ることが出来そうです」

ライオネルは既に気合十分といった感じで、帝国との戦いを見据えているようだった。

「それじゃあそろそろ夕食……というか、二人の歓迎会を始めようか」

「「おおーっ!!」」

皆が食事に手をつけてから俺はライオネルに声をかける。

「辛い選択を迫って申し訳ない」

「ルシエル様、頭をお上げください。ルシエル様のなさろうとしていることは、誰もが出来ることではありません。それに私もこれでようやく帝国の憂いを取り除くことが出来るのです」

ライオネルは俺に頭を上げさせ、自分のためでもあると言ってくれた。

「そうニャ。あの時は逃げることで精一杯だったけど、今なら帝国の闇を晴らせるニャ」

ケティも奴隷にされた屈辱を晴らそうとしていた。

「ルシエル様の伝説を増やす良い機会です」

ケフィンだけ少しベクトルが違う気がしたが、こうして俺達は帝国行きを想定して各々が準備をすることで意思を統一させた。一人を除いて……。

05 自重

冒険者ギルドで皆と一緒に食事を摂り終えた俺達は、地下へ寄って師匠を回収し教会へと戻ることにしたのだが……。

地下へと下りていると歓声のようなものが聞こえてきた。

そして目に飛び込んできたのはボロボロになったまま不敵に笑う師匠の姿と、さらにボロボロになって涙目になっている冒険者達だった。

その冒険者達は俺の姿を見た途端、助けを求める声を上げた。

俺は苦笑しながら師匠へと歩み寄り、回復魔法を発動させてから声をかけた。

「師匠、そろそろ帰りますよ」

「おう。こいつらは中々筋がいいぞ。それに盛り上がっているだろ」

師匠は嬉しそうに話すが、冒険者達の表情は冗談じゃないと言わんばかりだった。

師匠が弱体化したことを知らない冒険者達は、たぶん手加減して弄《もてあそ》ばれたと思っているんだろうな。

「もう帰るので師匠を呼びに来たんですよ。皆さんも師匠の相手お疲れ様でした。すぐに回復させますね」

「おい、俺が相手をしてもらったように言うな」

俺は師匠を軽くスルーして、冒険者達にエリアハイヒールを発動して回復させた。

武具の破損はお互い様ということでいいだろう。

「旋風様、指導ありがとうございました」

「俺達ではまだまだ力不足でした」

「聖変様もありがとう」

「旋風様の弟子はやはり聖変様にしか務まらないわ」

「私達は私達で頑張るわ」

彼等は師匠と俺にお礼を言いながら徐々に距離を取り、師匠の言葉を聞かずに訓練場の階段を駆け上がっていった。

師匠はその冒険者達の後ろ姿を見て一言だけポツリと漏らした。

「チッ、根性のないやつ等だ」

この世の中は理不尽がいっぱいあることを実感しつつ、俺達は教会へと戻った。


教会に着いてから寝泊まりをする場所だが、師匠以外は皆、飛行艇の客室で過ごすことで納得し、師匠は大訓練場の空の下で寝ることが決まった。

師匠曰く、飛行艇で寝るのは落ち着かないらしい。飛行艇を見てあれだけはしゃいでいた師匠の姿はもう何処にもなかった。

「師匠、本当にここで寝るんですか？　教会本部にも客室はありますよ」

「飛行艇に忍び込もうとする者が現れるかもしれないからな。だから俺はここで寝る。分かったら、さっさと収納しているベッドを出してくれ」

「はいはい。それでは飛行艇の護衛をお願いしますね」

「ああ、任せろ」

俺が魔法袋からベッドを出すと、師匠はベッドに腰掛けて瞑想を始めた。

そんな師匠から離れたところに、リィナとナーニャがいるのが目に付いた。

この二人は自分の店に戻ると思っていたのだけど、何故か戻らずにそのまま教会本部へとついてきたのだった。

教会本部に招き入れる時も、物珍しいものを見るようにキョロキョロと辺りを見回していた。

お目当ての飛行艇を見た時には、まるで今朝の師匠みたいにはしゃいでいたのが印象的だった。

彼女達も含め、皆が俺の従者として特例で教会内部に入ることは出来たけど、騒ぎがあったその日に来客を招いたのはさすがに無神経だったと反省した。

まぁ色々な誓約はしてもらったので、外に機密が漏れることはないと判断され許されたんだろう……。

飛行艇の内部に中々入ろうとしないリィナに声をかける。

「そういえばお店はいいんですか？」

「だってこんな機会はもう巡ってこないかもしれないじゃないですか。それにライトアップしている飛行艇が格好良すぎて、今日は眠れそうにないです」

「これだけのものを作れるなんて、さすがドワーフ族の技術力ですよね」

「外観で判断することではない。内部を見てから判断するんだな」

中々飛行艇の中に入ってこない二人を迎えに来たらしいドランだったが、その言葉と表情が全く合っていない。ドヤ顔でニヤけそうになるのを堪えているのは明らかだった。

それはドランにくっついているポーラとリシアンも同じで、ドヤ顔をしてリィナとナーニャを連れ飛行艇の中へと消えていった。

「うん。もう、放っておこう」

俺はそんなことを呟きながら、教皇の間へと向かった。


入室許可を得て中へ入ると、そこにはローザさんやエスティア、護衛として残ってくれたナディアとリディア、ガルバさんとカトリーヌさん、そしてドンガハハに捕らわれていたグランハルトさんがいた。

「教皇様、遅くなりました。今回の件と今後について考えがまとまりましたので伺いました」

「うむ。ルシエルにもだいぶ迷惑をかけたのじゃ」

「いえ、今回は私の噂が発端のようなものですから、こちらこそ申し訳ありませんでした」

「頭を上げよ。それでは会話が出来ないのじゃ」

「はっ。まず昼間の裁きですが、教皇様の優しさと厳しさを感じる良い裁きだったと思います」

「……そうであれば嬉しく思うのじゃ。妾《わらわ》はあれからずっとあの裁きが正しかったのかと考えたままじゃ」

「それが裁く者の責任なのかもしれませんが、教皇様が今回の件に対し誠実に向き合ったという証でもあると思います」

「そうか。人を裁くとはなんとも重きことなのじゃ」

教皇様は沈痛の面持ちで、目を伏せた。

「そうですね。さて、そこにいるグランハルトさんから話をお聞きになったかもしれませんが、分かったことから申し上げていきます」

「うむ」

「今回の黒幕ですが、ドンガハハの最後の言葉通り公国ブランジュのようです」

俺の言葉を聞き、ナディアとリディアは故郷を思ってか表情を歪ませた。

「公国ブランジュ……あの国は争いを好まず、謀《はかりごと》などはまずしない国であったのじゃが……」

「ブランジュはとても良い国です。それこそ貴族の柵《しがらみ》がなければ……ですが」

「気候が穏やかで自然も多く、住民も穏やかな人達が多いです。それに隠者シリーズを作った魔法士が最後に暮らした地でもあるんですよ」

それが今では魔族を生み出す国となったか。笑えない冗談だ。

「公国ブランジュは過去に勇者を召喚したことがあると聞いたが？」

「確かにそう伝わっています」

「それに関わっていたのは皇族だけか？」

「いえ、そこに騎士団と魔法士団が護衛につきます。しかしどういった儀式で召喚するかまでは分からないはずです」

「勇者召喚……。父様が調べたことがあったが、三百年前には既に失伝していたはずじゃ」

それが本当ならば失伝したままで良かったんだけど……。

「その失伝していた勇者召喚が再び行われ、勇者ではない何かを召喚したらしいと、ドンガハハの遺書に書かれていたのです」

「遺書じゃと……馬鹿者め」

「こちらになります」

俺はローザさんにドンガハハの遺書を渡し、ローザさんから教皇様へと渡された。

「色々と考えたのですが、ドンガハハの言葉に嘘はなかったと思うので、近日中に私は公国ブランジュかイルマシア帝国へ赴こうと思っています」

「カトリーヌ、どう思う?」

「本来であれば内外に賢者ルシエルを公表して噂を鎮静化させ、教会本部の疑念を払拭したいところですが……」

カトリーヌさんはそこで言葉を止め、ガルバさんを見た。

「ルシエル君、僕が掴んだ情報では帝国は今混乱の最中《さなか》にあるらしい」

ガルバさんの鋭い目を向けられ、背筋に寒気を感じた。

「その混乱とは?」

「いきなりの停戦からしておかしいと思って調べていたんだけど、戦場へ戦鬼将軍を投入しない皇帝に反発する貴族達の派閥が出来たそうだ。またそれに呼応するようにして反帝国のレジスタンスが出現したらしい」

「その状況が罠でなければ早いうちに動いた方がいいかもしれませんね。あ、ところでガルバさんがここにいる理由って？」

何だかとても疲れた表情をしているガルバさんとは対照的に、ガルバさんの隣にいるカトリーヌさんは全てが満たされているような表情をしていた。

「うむ。ガルバ殿は情報収集能力に長けているとカトリーヌから推薦を受け、機密保持の誓約を交わしてもらったのじゃ。これからは妾の直属の諜報部員として行動してもらうことになったのじゃ」

「えっ、ガルバさん⁉　メラトニの冒険者ギルドとの兼任は大丈夫なんですか」

「このあとにブロドと話し合う必要はあるけどね。ルシエル君には悪いんだけど、明日にでもメラトニへ送ってくれるとありがたいかな」

まぁガルバさんが判断したのなら問題ないんだろうけど、何だかカトリーヌさんに対して戸惑っているようにも感じる。

「師匠は大訓練場で寝るって言っていましたから、行けば会えると思います」

「それじゃあルシエル君の報告が終わったら一緒に行こう」

いつものガルバさんらしくないが、藪蛇になるので頷いておいた。

「ふぅ。それでルシエルは今後についてどう考えているのかを教えてほしいのじゃが？」

教皇様はドンガハハの遺書を読み目が赤くなっていた。

「はい。先程もお伝えしましたが、近いうちに公国ブランジュがイルマシア帝国へと赴き、魔族化に関することを調べてこようかと考えています」

「調べるとはいっても、ルシエルが国境から帝国へ入国するとしたら間違いなく監視がつくのじゃ」

「そこは色々と作戦を考えながら動こうと思います」

「む、自信がありそうじゃな」

「はい。こちらも心配というか懸念していることがありますので……。それはそうとドンガハハという窓口がなくなった公国ブランジュですが、この教会本部へ新たな諜や刺客を送り込んでくるのではないでしょうか？」

「教会本部には騎士団の精鋭がいるのじゃぞ？」

「弱体化している私の師と従者の二人に負けてしまう騎士団では、安心することは出来ませんよ。仮に今回私達が教会本部に襲撃をかけた部隊だったと想定してみてください」

「「……」」

先程まで満たされた顔をしていたカトリーヌさんが悔しそうな表情に変わり、状況を客観視したグランハルトさんは顔を顰《しか》めた。

「騎士団には騎士団の戦い方があるのは分かります。ただ強大な個の力を持つ部隊が送り込まれたら、下手をしなくても壊滅することすらあり得るでしょう」

「批判するだけじゃないのじゃろ？」

「はい。そこにいるナディアとリディアには残ってもらおうと思っています。そうすればカトリーヌさんも騎士団の育成に全力を注げるでしょうし」

「「ルシエル様！・」」

「リディアは精霊魔法を教皇様から教えてもらういい機会だと思うし、ナディアなら護衛として二人の戦闘スタイルと相性もいいからね」

「二人の力は帝国や公国でも必要なはずじゃ」

「はい。だからこそ戦力が必要になった時のために二人の強化を教皇様にしていただき、カトリーヌさんにはその間にしっかりと騎士団の立て直しをお願いしたいのです」

カトリーヌさんは俺のことをジッと見たあと、教皇様に向かって膝を突いた。

「教皇様、今回はルシエル君の提案に甘えさせていただいてもよろしいでしょうか？」

「ルシエルが望み、カトリーヌが受けるのなら問題ないのじゃ」

「はっ。教会の騎士達を最強の集団にしてみせます」

これでカトリーヌさんは騎士団に没頭出来るだろう……だからガルバさん、あからさまにホッとした表情を隠してくださいよ。

「あ、それとこれはドンガハハの机の中にあったものなのですが、私以外触れることが出来ませんでした。不思議な力を感じる宝玉なのですが、何だか分かりますか？」

魔法袋から宝玉を取り出して見せた瞬間、何故か教皇様とエスティア――いや、この気配は闇の精霊か――が俺の目の前にいた……!?　その動きを俺は全く視認することが出来なかった。

もしかすると転移魔法なのかもしれない。だけど魔力の揺らぎすら感じなかった。

やはりレインスター卿の娘である時点で、教皇様も規格外に強いのではないかと思えた。

「これをドンガハハの部屋で見つけたのじゃな?」

「はい」

俺の返事を聞いた教皇様は俺の手から宝玉を受け取ると、直ぐ確かめるように闇の精霊と視線を合わせた。

念のためこの宝玉を見つけた場所を説明する。

「ドンガハハの書庫にあった机の引き出しの中に入っていましたが、これが何かご存じなのですか?」

「これは精霊結晶、精霊の力を封じ込めるためのものじゃ……。良かった、本当に良かったのじゃあああああ」

教皇様は嬉しさのあまり泣き出してしまい、闇の精霊からも感謝するような視線を向けられ、俺はただ呆然とすることしか出来なかった。

06 精霊結晶

教皇様が泣き止むのを待ってから、精霊結晶について聞いてみることにした。

「その精霊結晶とは一体どのようなものなのですか？」

「精霊にとっては心安らぐ場所であり、力の源でもあるのじゃ。精霊は生まれた場所に居つく習性があり、長い時間を過ごすことで精霊の魔力の素が凝固して出来る、持ち運べる家が精霊石なのじゃ」

どうやら単純に精霊の力を宿した石ではないようだな。

「精霊の魔力が凝固したものが精霊石なら、精霊結晶はもっと特別なもの……それこそさらに長い年月が経ったものなのでしょうか？」

「その通りじゃ。ただこの精霊結晶は、精霊石だったものに父様が魔力を注いだ特別製なのじゃ……」

レインスター卿は本当に何でも出来るな。

「なるほど。ちなみに精霊結晶とは精霊にとってどのようなものなのですか？」

「まず精霊石は、精霊の成長とともに変化していくのじゃ。そして精霊石が最終的に至るのが精霊結晶なのじゃが、それは精霊が最上級の存在に至る条件を満たした証なのじゃ」

「だとすると、俺が会ってきた精霊達も？」

「うむ。例外はあるが、精霊結晶を所持しているはずじゃ」

俺は闇の精霊へと視線を移すと、闇の精霊は答えずに顔を背けた。

どうやら事実らしい。

「その精霊結晶を所持していないとどうなるのですか？」

「精霊結晶は最上級の精霊にとって、存在を維持するための核のようなものじゃ。だから精霊結晶がなくなれば本来の力は封じられ、身体を休めることも出来ず、魔力を回復することも難しくなり、弱体化してやがて消滅していくことになるのじゃ」

「それではレインスター卿の特別製というのは」

「精霊が精霊結晶を破壊されても消滅しないように、最上級に至る魔力を肩代わりすることで精霊結晶を完全な核とならないようにしたのじゃ」

レインスター卿は精霊の友だと伝記に載っていたけど、その文言に偽りはなかったようだ。

ただ気になった点が一つある。

「その精霊結晶は誰でも見えるし触ることも出来るのでしょうか？」

「資格のある者……精霊の加護を得ている者じゃな。あとは精霊の上位的な存在であれば見えるし、触れると思うのじゃ。ただこの精霊結晶はずっと精霊と離れていたからなのか、ほとんど力を失ってしまっているみたいじゃな」

なるほど。ガルバさんとケフィンにはただの首飾りに見えていたから、回収しなかったんだな。

「あれ？　もしかすると精霊が加護を与えた宿主なら、その精霊結晶を通して宿主の魔力として精霊の力を扱うことも出来るのではないですか？」

「さすが精霊の加護を持つ者じゃな」

どうやら正解だったようだ。

そうなるとドンガハハが所持していたのだから、ドンガハハも精霊の加護を得ていたのだろうか？

「あ、色々お聞きしてきましたが、その精霊結晶の精霊ってかなり消耗していて危ないのでは？」

「そうじゃったな。直ぐに渡してあげたいのじゃ。何せ精霊は顕現するだけでも魔力を消費してしまう。だから現在は精霊化を解き、精霊が見えない者にでも見えてしまう存在となって耐え忍んでいたのじゃ」

ここまでの話で、この精霊結晶がフォレノワールのものであると確信することが出来た。

精霊結晶を失った時点で教皇様は悔やんだはずだ。

だから先程は人目もはばからずに声を上げて泣いたのだろう。

だけど精霊化を解いているのにも拘わらず、邪神と戦う前にフォレノワールは俺に加護を与えてくれた。

そうなると、あの頭を噛む行為を繰り返したことで加護を与えてくれたのだろうか？　そこは少し謎だけど、加護を与えてくれたことにますます感謝しなければいけないいな……。

「教皇様は先程、精霊の本来の力が封じられるとおっしゃっていましたが、それは自らの力を封印することになるということですか？　それとも精霊結晶を所持していた者にその力を無理やりに封じられるということでしょうか？」

教皇様は首を横に振りながら答えてくれる。

「精霊本来の力を封じられると言ったが、それは自らの意思でじゃぞ」

「そうですか。ただ少し疑問があります。たぶんですがその精霊結晶からは二つの魔力を感じたので、もしかすると何者かによって封印が施されていたかもしれないと気になっていたんですよ」

二つ感じた魔力が精霊とレインスター卿の魔力なら問題ないけど、万が一もあるしな。

「二つの魔力じゃと？　言われてみれば父様の魔力以外の魔力を感じるが……ぬぅ、この鎖は当時のものとは違う気がするのじゃ。これが封印であったから探し出せなかったのか……。ルシエル、今すぐに解呪するのじゃ」

「えっ⁉　あ、はい。ディスペル」

すると精霊結晶の鎖は解けるようにして消えていき、精霊結晶が輝きを増していく。

「ルシエル、フォレノワールをこの場へ」

教皇様は緊張した面持ちでフォレノワールをコールした。

「はい」

俺が直ぐに隠者の鍵で厩舎《きゅうしゃ》を開くと、ゆっくりとフォレノワールが出てきた。

すると精霊結晶はフォレノワールを待っていたかのように、フォレノワールへと飛んでいき、その額に吸い込まれていった。

その光景に唖然としていると、フォレノワールの真っ黒な馬体からいきなり眩《まばゆ》い光が放たれ、あまりの眩《まぶ》しさに目を開けていることが出来なくなった。

光は直ぐに収まったのだが、再び目を開けると、そこには真っ白な馬体に翼を生やした天馬《ペガサス》の姿があった。

これが本来のフォレノワールの姿なんだろう。

俺が驚き固まっているうちに、教皇様と、エスティアと切り替わっている闇の精霊は、フォレノワールに抱きついていた。

その光景を見ながら、でもフォレノワールって黒い森の直訳だよな？　白くなったら、また名前が変わるんだろうか？　そんなどうでもいいことが頭に浮かぶのだった。

まぁ教皇様がフォレノワールの名前を連呼しているから変更されることはないだろう。

さて、俺もフォレノワールの快気を祝おう。

「フォレノワールだよな？　精霊に戻れたってことでいいんだよな？」

教皇様に抱きつかれたままフォレノワールはこちらを向いた。それと同時に俺の頭に声が響く。

『ルシエル、本当にありがとう。おかげで力を取り戻すことが出来ました』

精霊なので中性的な声を想像していたのだが、どうやら女性らしい。でも確かにフォレノワールにはどこか女性っぽさを感じていたから戸惑いはないな。

「たまたまだよ。それにこれまで俺はフォレノワールに助けられているからおあいこだよ。相棒」

『そう。それならこれからもよろしく、相棒』

何処かフォレノワールの声には喜びが含まれているような気がして、嬉しくなった。

「このあとの予定として帝国へ行くことになりそうなんだけど、フォレノワールはどうしたい？」

『これまで長い間、逃げることしか出来なかったの。フフッ、楽しみだわ』

……一緒に行くということでいいんだろうか？　それにしても何だかこのノリをした人物に、最近会った気がするんだが……。

それ以上深く考えるのは止めて、精霊結晶について聞くことにした。

「精霊結晶はどうなった？」

『今は私の中よ。精霊結晶と私の魔力の最適化が終わったら、また身体から出せるようになるわ』

「なるほどな。今日はこのまま教皇様と闇の精霊と一緒にいてもらってもいいかな？」

『……そうね。フルーナとの約束もあるし、ヤミとも話したいことがあるから今日はここにいるわ』

精霊結晶をなくしたことや精霊についても話したいことはあったが、今日は教皇様をそっとしておくことに決めた。

「分かった。教皇様、また明日こちらへ伺います」

そう教皇様に声をかけると、その背中は震えていた。

ガルバさんと目が合うと、退出しようと口の動きで伝えてきたし、リディアとナディアも退出したいようだったので、ローザさんとカトリーヌさんを残し俺達は教皇の間から出ることにした。

扉へ向かったところで教皇様の声がかかる。

「ルシエル、精霊結晶を見つけてくれてありがとう」

俺が振り返ると、教皇様の姿はフォレノワールに隠れてしまっていた。

「いえ、良い結果が出て良かったです。それでは失礼します」

退出した後、これでだいぶ教会も落ち着いていくかな～と思いつつ、何故か非常に面倒なことが起こりそうな予感がした。……気のせいであることを願おう。

教皇の間を出て皆で大訓練場へ向かいながら、俺はナディアとリディアに公国ブランジュの件を任せることを告げた。

「教皇様には護衛として残らせるとは言ったけど、公国ブランジュに対して備えるためにも二人には聖都に残ってもらいたいんだ」

「ルシエル様、公国ブランジュに対して備えると言っても、私達は既に公国ブランジュを離れて一年以上経ちます」

「ナディア、別に公国ブランジュの情報を得たいから残すわけじゃないよ。公国ブランジュの謀《はかりごと》が今回のことだけとは思えないんだ。それこそ搦《から》め手として貴族の娘を俺が攫《さら》ったみたいな流言もあり得ると思う」

「ルシエル様、お姉様と私は既に一年以上前から冒険者として活動していましたよ?」

「人は事実を信じるのではなく、自分が信じたいことを信じるものだ。そのことを今回の件で痛いほど感じたんだ」

「「それは……」」

二人はそれ以上の言葉を紡ぐことが出来なかった。

「教皇様の護衛となったと分かれば二人にも手を出しにくくなるだろう。その間にリディアは教皇様から精霊魔法を教わり、ナディアは戦乙女《ヴァルキリー》聖騎士隊のルミナさんと情報共有をしてもらいたいんだ」

「ルミナリア様と……」

「公国ブランジュの情報はルミナさんの方が詳しいだろうし、俺が聖都を離れることで状況が変化する可能性があると思う」

「ルミナリア様に魔通玉《まつうだま》をお渡ししておくのではいけないのですか？」

「ルミナさんは本当に何も出来なくなるまで、助けを求めない気がするんだよね。それに今回の件で教会関係者は対応に追われるだろうから、信頼している二人には聖都に残ってほしいと思う。何かあれば魔通玉で連絡がとれるし」

「承知しました」

「いつか私達も帝国へ同行させてくださいね」

「了解」

さて、二人の了承は得ることが出来たけど、問題はずっと無口なガルバさんだよな。

下世話な話だけど、ガルバさんとカトリーヌさんの関係が気になっている。

だけど今ガルバさんに話しかけると、面倒なことに巻き込まれそうだと俺の本能が告げていた。

そのため俺はドンガハハの遺書の内容を頭に思い浮かべることにした。

最優先事項は魔族化研究のことだ。

イルマシア帝国はウィズダム卿に魔族の力を取り込ませる実験をしていた。

メラトニと公国ブランジュの間で師匠が倒した盗賊は、追い込まれて自ら魔族化したと聞いた。

つまり公国ブランジュは既に魔族化させる研究を終えていることになる。

だからこそまだ救える可能性のある帝国へ行くことを選択したんだけど、不安要素としては魔石を埋め込まれた者達が、どれぐらいいるのかということ。

出来ることなら殺すことなく正気に戻ってほしい。だけどその数が十や二十ならまだしも、手に負えない数であれば治療云々の前にこちらが危機に陥ることになる。

それと魔族化の研究に皇帝が関わっていた場合、完全に敵対することになる。阻止出来るのなら問題ないけど、俺達が負ければ帝国が言いがかりをつけて聖シュルール共和国を巻き込む危険性がある。

だからこそ魔族化に皇帝が関わっていた場合、皇帝を討たなければならないだろう。

ただその前に帝国の内情に詳しいライオネルやケティとしっかりと話し合う必要がある。

出来れば魔族化の研究施設を破壊して終わらせたいな。魔族化の研究施設を破壊するだけなら各国から糾弾されることはないだろうし。

公国ブランジュに関しても皇族が主導したのか、それとも俺を嵌めようとしたカミヤ伯爵が関係しているのか、情報を得るまでは判断出来ないのが辛いところだ。

他にも世界を統べる力を手にしていながら、人族至上主義の思想の公国が何故その力を行使してイエニスへ攻め込まなかったのかが分からない。

考えれば考えるほど、不安になっていく。

邪神という存在と相対するまでは帝国や公国が魔族化に着手したと聞いても、俺はきっと対岸の火事のように感じて傍観していただけだっただろう。

だけど聖シュルール共和国内で魔族が見つかり、見知った人が危機に追い込まれる可能性が高くなっているのを、何もせず傍観していることなどもう出来ない。

もっとも人のためみたいな高尚な考えではなく、全ては自分が穏やかな生活を送るためだ。

間違いなくこれ以上放っておけば知らぬ間に世界中に魔族が溢れ、人類存続の危機に陥るだろう。

そうなればそう遠くない将来、俺は必ず後悔することになる。

「やらぬよりもやって後悔した方が諦めもつくし……」

俺は小さく呟き歩いた。

大訓練場までやってきたところでガルバさんは師匠のところへ話しに行ったので、俺はナディアとリディアを連れて飛行艇の内部へ移動し、各自割り振られた部屋に入った。

★☆★

飛行艇に乗り込んだルシエルを見送ったガルバは、得た情報をブロドへ告げるために口を開く。

「ルシエル君に平穏な日が訪れることを祈ってあげたいけど、どうもそうはいかないみたいだよ」

「ふっ、今さらだな。それで何を掴んだ?」

二人は周囲を確認したあと、真剣な表情で話し始めた。

「どうやらイルマシア帝国とルーブルク王国の戦争が再開するみたいなんだ」

「ちっ、少しは大人しく出来ないのか！　いや、無理なんだろうな」

ブロドは怒った表情で拳を握った。

「ちなみに仕掛けたのはルーブルク王国らしい」

「はっ？　帝国はそこまで甘くないことは分かっているだろう？」

「それがルシエル君のやらかしだね」

「あん？　何でルシエルと戦争が関係するんだ？」

やれやれという仕草で、ガルバはルシエルがやらかしたことをブロドへ告げる。

「ルシエル君がネルダールで、重傷を負ったルーブルク王国の貴族を治療したらしいんだけど、その貴族に戦鬼将軍が偽者であることを話したらしいんだよ」

「はぁ～完全にやらかしているな」

「ルシエル君は誓約しているから安心していたみたいだけど、王国には記憶を読み取る魔道具があり、それを使われるとは思ってもみなかっただろうから仕方ないけどね」

「気をつけなければいけない魔道具なんて禁書指定だからな。教えられなかったことが悔やまれる」

「いくら何でもその貴族が王族の三女と親しい関係であるなんて、ルシエル君が警戒していても考えないさ」

「マジか……はぁ～」

ブロドは右手を額に当て思考を整理する。

「ブロド、ちょうど帝国内は混乱しているところだし、ルシエル君を連れて帝国へ行ってきなよ」

その前にガルバはブロドへ提案した。

「何で俺が帝国へ行かなきゃならん？　メラトニ支部を何日も空けるわけにはいかないだろう」

ブロドはガルバを睨みつけたあと、視線を逸らした。

「メラトニは僕とグルガーに任せるといい。ブロドだっていつまでもルシエル君が帝国に狙われるのは嫌だろ？　それに……」

「ああ、うるせぇ」

ブロドはガルバの言葉を遮った。

「それで？」

何事もなかったかのようにガバルが問うと、

「チッ、行けばいいんだろ。面倒なことになったら分かってるな？」

「うん。必ずメラトニへ戻ってこられるように手配するよ」

「お前のそういう腹黒いところが嫌いだ」

「ふふっ。褒め言葉をありがとう」

「はぁ～ルシエルめ、弟子のくせに師匠を困らせるとはお仕置きが必要だな」

「さて、帝国の話はこれぐらいにして……」

夜が更けてもガルバとブロドのやり取りは続くのだった。

★
☆
★

「ふぅ～、たった二日の出来事だったけど、随分と濃い時間だったように感じるな」

最後の最後でナディアとリディアの説得には骨が折れたけど、最終的に納得してもらえて良かった。

俺は部屋のベッドに腰かけ、今日は色々あったと身体を倒した。

明日、教皇様にこれまで通りフォレノワールを連れていっていいのか確認をとらないとな。

それにしても……疑問に残ったのはドンガハハが精霊結晶を所持していた理由だ。

教皇様は加護を得ていなければ精霊結晶に触れることすら出来ないと言っていたけど、そうなるとドンガハハにもフォレノワールが光の精霊として加護を与えていたはずだ。

ドンガハハが精霊の加護を得たのはいつなのだろう？　教皇様はドンガハハが精霊の加護を得ていたことを知っていたのだろうか？

それにフォレノワールが加護を渡していたドンガハハが精霊結晶を持っていたことに気づけなかったというのも気になった。まぁそれもドンガハハの意識が戻れば分かるか。

あと、フォレノワールを帝国へ連れ出す場合、闇の精霊もまたついてくるかどうかも確認しないといけないだろう……。

以前にエスティアは、闇の精霊が力を行使することで帝国から逃げてきた。今まで聞くことはなかったけど帝国の闇を知っている可能性がある。

しかし……だ。

彼女が帝国に行くと、またストレスにより情緒不安定になる可能性がある。そのため本来は死地へと一緒に来てもらうより、教皇様と一緒にいる方が彼女には良いとも思う……。

聖都ならエスティアや教皇様に危険が迫れば、闇の精霊がきっと対処してくれるだろうし……。

そこまで考えた時、ふとドワーフ王国から出発する日に姿を見せなかったリザリアのことが頭を過《よぎ》った。

「元気にやっているだろうか……」

そう呟いたあとで俺は瞼《まぶた》を閉じた。

何にせよ、帝国ではライオネルに頑張ってもらうことになる。

俺は誰も死なせないようにこの局面を乗り切ることを決意して、眠気に身を任せた。


それからどれぐらい眠っていたのか定かではないけど、天使の枕でぐっすりと眠っていた俺は急に寒気がして目を開いた。辺りを見回すとすぐ横に人影があり、咄嗟《とっさ》に浄化波《ピュリフィケイションウェーブ》を発動させた。

すると青白い光が部屋を染め上げ、人影の正体が直ぐにドンガハハだと分かった。

「うぉ⁉」

そういえば魔法袋の中に隠者の棺を入れていても、棺の中にいる者が目を覚ますと魔法袋から自動的に排出され、外へと出られる仕組みになっていたことを忘れていた。

「そんなに驚くことではないだろう。驚くとしたらまだ生きている私の方だ」

ドンガハハは落ち着き払っていた。

だけど普通は吃驚《ビックリ》するから！　俺は心の中でそう叫びながら冷静に対処しようと心を落ち着ける。

「明かりも点けないで、いきなり寝ている横にいたら誰でも驚きますよ」

うん。驚きすぎて冷静に対処することは出来なかった。

敵対していた相手だったこともあり、寝起きドッキリをしてくるトレットさんとは違う怖さを感じた。

「どうやらあの場では死に損ねたようだな」

身体を確かめる素振りを見せながら、そう話しかけてきた。

「そんなに簡単に死んでもらっては困りますからね。知っていることを全て話してもらうまでは何をしてでも救ってみせますよ」

「ふっ。頼もしいが残念だな。私が近いうちに死ぬことは変えられないだろう。悪魔召喚は魂の契約だったのだ。だから逃げることは最早出来ない」

魂の契約――誓約とはまた違う次元の話なのだろうか？

「契約を結んだ悪魔がいなくなったのだから平気なのでは？」

「魂の契約は身体に出ず魂に刻まれる。だから解除するのは無理だろう」

「そのことが分かっていたのなら何故……。いや、いくら教会のためとはいえ、身体が弱っていたのにも拘わらず魔族化や悪魔召喚なんて真似を」

「遺書を読まれてしまったか……。遺書を読んだのなら知っていると思うが、先がないと分かっていたからなのだよ。それに教皇様であれば私を裁くことで、それを成長の糧としてくれると信じていたからだ」

その言葉を聞いて俺は身体から怒りが湧き上がってくるのを感じた。なんと身勝手なのだろう。

成長のためなら、教皇様にどんな重荷を背負わせてもいいとでも思っているのだろうか。

しかし覚悟を決めて実行したドンガハハに対して、隙を見せて教会を混乱させた俺が何を言ったところで届かないだろう。

俺は一度大きく息を吐き出し、幾つもの疑問について問いただすことにした。

「他国と繋がっている裏切り者であれば何を聞いたところで押し問答になりそうですが、貴方は今さら何も隠す気はないでしょう？」

「うむ。知っていることは答えられる範囲で答えよう」

ドンガハハは軽く頷くと、近くにあった椅子に腰を下ろした。

俺が最初に聞くことは既に決まっていた。

「遺書が置いてあった机の引き出しに入っていた首飾り。あの精霊結晶はどうやって手に入れたんですか？」

「精霊結晶？　あの首飾りの宝玉は精霊結晶というのか」

「知らないで今まで持っていたと？」

「うむ。あの部屋は元々父の部屋だったのだ。私も幼い頃からあの部屋に出入りしていて思い出もあったから、父が亡くなった際に教皇様からあの部屋をいただいたのだ」

そうなってくると精霊結晶を所持していたのは、ドンガハハのお父さんだったのか。

それだと封印を施したのもドンガハハのお父さんということだろうか？　当時のことはドンガハハも覚えていないだろうし……。

ドンガハハのお父さんは教皇様の信頼していた人物だ。

これは直接教皇様に聞いた方がいいだろう。

それにしても、親子で執行部に入っていたということは、教会関係者の中でもエリート中のエリートだ。

しかも執行部という組織のトップだったのなら、それだけ教会に貢献してきたことも分かる。

だからこそドンガハハは教会の行く末を案じていたのだろう。方法は最悪だったとしても……。

俺は頭を振って、新しく質問する。

「質問を続けます。答えられないことは黙秘してくれて構いません」

「こちらの命は既にいつ尽きてもおかしくないのだ。気にせずに質問するといい」

やはり潔い。本来であれば教皇様の最側近だったのだ。出来ることなら治療に関するガイドラインを作っていたあの頃に戻りたいと思ってしまった。

「まずイルマシア帝国へ行けと言っていましたが、ただ乗り込んで勝算があると？」

「賢者ルシエルだからこそ、帝国の中枢に辿り着くことが出来ると考えている」

「その理由は？」

「帝国は魔族化や魔族の力を得る研究のため、かなりの代償を支払っていることが分かっている」

「もしかして、俺が魔族化を解くことが出来ると噂を流して招かれるのを待つと？」

「そんなことをしなくても、既に魔族化を解いたことは伝わっているはずだ」

ドンガハハの言葉で、教会関係者に帝国の潜入者がいることを悟った。

「どこまで想定しているのか……。それなら帝国の情報も当然あるんですよね？」

ドンガハハは頷き、少し思案する顔をしてから口を開いた。

「まず賢者ルシエルが知りたいと思っている情報を先に話そう」

「知っていることは全て勿体つけず教えてもらえるとありがたいです」

「そうだな、では、帝国内に広まっている戦鬼将軍の噂について話すとしようか」

「ライオネルの？」

「ああ。まだ賢者ルシエルがイエニスにいた頃、戦鬼将軍はルーブルク王国との戦争で支配した街で住民から食事に毒を混ぜられ、その影響で死の淵を彷徨《さまよ》い記憶が曖昧となった。他にも顔が爛《ただ》れたことで仮面をつけているとの情報があった」

「ライオネルの偽者がいることは分かっています。その偽者が前線にいたことも」

「それはおかしいな。私が得た情報では戦鬼将軍はその件で前線から退くことになり、ルーブルク王国が戦線を押し返したところでにらみ合う形で停戦しているはずだ」

ライオネルが聞いたらどう思うだろうか？　武人の塊みたいな男が戦場から逃げるなんて、潔く死ねとでも言いそうだよな。

「ライオネルが戦鬼将軍だった時のことは、俺よりも貴方の方が詳しいですよね？」

「無論だ。だからこそおかしいと感じる者も帝国では多かったはず。しかし皇帝の命が下り、噂を口にした者の首を刎《は》ねることで強制的に封じたと聞いている」

皇帝が命じたということは、ライオネルの件を皇帝も知っている可能性が高いということだ。

「ちなみにこの二年でループルク王国との国境線に変化はありましたか？」

「今は帝国が押し込まれていると聞く。やはり攻撃の要である戦鬼将軍がいなくなったことで混乱があるのだろう。それが両軍の士気にも影響を及ぼしていると考えていた」

負けているからこそ出せない情報ということもありそうだけど……。

「皇帝はライオネルの追放に絡んでいると思いますか？」

「一概にそうとは言い切れない部分がある。何せ帝国でも魔族が出たと騒ぎになることがあり、直ぐに緘口令《かんこうれい》が敷かれた。しかし本来であれば皇帝が関わる大事が漏れることはあり得ないはずなのだ」

「それでは、それも今回の件も怪しいのは公国ブランジュでしょうか？」

「その判断は難しい。帝国の研究施設から逃げたとも考えられる。公国ブランジュが魔族化させる技術を有していたとしても、帝国で魔族を出現させる理由があるとは思えなかった」

確かに帝国が魔族化の研究をしていたと公表しても、魔族を倒している実績がある以上、魔族を倒すための研究をしていたら魔族の襲撃を受けた、もしくは捕獲していた魔族が逃げたことにすれば、デメリットもないはずだ。

ウィズダム卿も死んだと思われて施設の廃棄場に捨てられたと言っていたけど、ループルク王国が帝国の魔族化研究を糾弾したという話も聞かない。

俺は頭を整理するために帝国の現状を聞くことにした。

「ちなみに偽戦鬼将軍が帝都に戻ってから掴んだ情報はありますか？」

「あまり姿を見せないことから、魔族化の研究施設にいる可能性が高いと判断している」

実は偽ライオネルのことはかなり警戒していた。戦闘面ではなく、ライオネルを嵌めて軍を掌握させた策略が恐ろしいと感じていたのだ。

あともう一つ帝国に乗り込むことへの不安がある。

ライオネルのレベルが落ちてしまったことだ。もしもの場合ライオネルが本物であると証明するために、その偽ライオネルとの一騎打ちも考えていた。しかし魔族化研究をしているということは、偽者もかなり強化されていると想定しなくてはいけない。

最悪の場合、ライオネルが負けることも想定して作戦を練らなければならない。そのため凱旋ではなく帝都、帝都の城へと侵入しなくてはならないだろう。しかし万が一魔族化についての資料や研究所が見つからなければ、教会に迷惑をかけることになってしまう。

ドンガハハの考えた通り、招かれるという形であれば中枢までは行けそうだけど、それでは少人数を活かすことなく潰されるだろう。

一番早いのは帝都の城に飛行艇から降下して皇帝の身柄を押さえることだけど、何も証拠がない状態で皇帝を捕らえることに正義はない。

そもそも向こうには空を守る翼竜《ワイバーン》部隊が待ち構えているらしいし、もっと作戦を練らないと……。

思わず溜息を吐き出すと、ふと思い出したことがあった。

「そうだ。公国ブランジュはどうやってグランドルで魔族を倒したことを知ったのか分かりますか？」

「冒険者のフリをしていたところに、賢者ルシエル達がやってきたと聞いた。ただカミヤ伯爵が賢者ルシエルを監視していたと思われる。これについては事実確認が取れていないから勘だが……」

ガルバさんもそうだけど、どれだけの情報を集めているんだろう。

まるで忍者の諜報活動だな。

「その情報も教会の執行部だけで集めたものですか？」

「いや、公国ブランジュの使者が自慢げに話しておったのだ」

その話をしているってことは裏もキッチリ取れているんだろうけど、俺は一歩踏み込んでその使者の特徴を聞いておくことにした。

「公国ブランジュの使者が接触してきたことは分かりますが、使者であるにも拘わらず内情をペラペラ口にしたと？」

「賢者ルシエルに恨みを抱いていた。自分の妹達を誑《たぶら》かした悪者と思っていたみたいだ」

予想もしていなかった言葉が返ってきて、混乱する。

「妹達というと、ナディアとリディアの家族で間違いないですか？」

「賢者ルシエルの従者をしている姉妹の兄だな。あまり諜には向いていないらしく、直ぐに感情的になるので情報を得るのには楽な相手だった」

ドンガハハが面白がるでもなく、淡々とそう述べたことで、事実であることが伝わってきた。

彼女達に話すべきかどうか。そんな事実を知って、俺はまた悩みのタネが増えてしまった。

「……そうですか。それじゃあ遺書に書かれていた世界を統べる力のことは？」

「それについてはさすがに口を割らなかった。ただ何か恐れていたように思う」

「恐れていた……」

口が軽いとはいえ、そこまで機密をばらしたりはしないだろうけど、恐れていた、か。

頭を悩ませていると、ドンガハハは俺に頭を下げて言った。

「賢者ルシエル、頼める立場ではないことは分かっているが、頼みたいことがある」

「なんでしょう」

「これからイルマシア帝国と公国ブランジュに行くことになるだろう。その際に必ず迷宮を踏破していただきたい。聖シュルール共和国のために」

迷宮は踏破することになるだろうけど、イルマシア帝国と公国ブランジュの謀略や、魔族と魔族化の対策まで考えないといけないと思うと頭が痛かった。それでも俺は頷くことしか出来なかった。

そのあとも幾つかの質問に答えてもらい、外が薄《うっす》らと明るくなってきたところでドンガハハへの聴取は終わった。

全ての質問に黙秘することなく答えた彼を、このまま教皇の間へと連れていこうかとも思ったが、教皇様がまだ眠っている可能性もあったので、とりあえず教会の地下牢へ送ることにした。

俺が部屋の扉を開けるとケティとケフィンがいつの間にか待機してくれていたので、ドンガハハを牢へと連行してもらう。

「私は賢者ルシエルを信じることが出来なかった愚か者だと……そう後悔する日が訪れることを祈っている」

最後にドンガハハはそう言い残した。

誰もいなくなった部屋で、俺はドンガハハの背中を思い出して口を開く。

「貴方が後悔しようとしまいと別にどうでもいい。俺は俺の目的を完遂させるために今後も全力を尽くすだけだ」

もっともドンガハハに対しての言葉ではなく、自分自身への言葉だった気もする。

それから身支度を整え、少し早いけど朝食を摂りに食堂へと向かうことにした。

飛行艇からリフターを使い下りていくと、大訓練場で剣の素振りを行っている師匠の姿を見つけた。

「師匠、おはようございます。早いですけどやっぱり外では眠れませんでしたか?」

「おう、ルシエル。普段から睡眠時間が短いだけだ。これぐらいの時間帯に身体を動かせば頭も冴えてくるぞ」

「なるほど……。良かったら一戦お手合わせ願えますか?」

「ほぅ〜珍しいな。それなら一戦と言わず何戦でも付き合うぞ」

「ありがとうございます。それじゃあ少し身体を解《ほぐ》すんで待っていてください」

「何かあったのか?」

「ただスッキリするために身体を動かしたくなっただけですよ」

「そうか……」

「はい」

何か言いたげな師匠だったが、結局何も言わず模擬戦に付き合ってくれた。

そのあと飛行艇にいた皆が食事のために下りてきても、ケティとケフィンが地下牢から帰ってきても、騎士団が早朝訓練に来ても関係なく模擬戦は続いた。

メラトニの冒険者ギルドで雷龍の力を使った時は負けてしまったが、今回は純粋にステータスと技術の戦いとなり、自分でも驚くぐらい善戦していた。

今なら攻防の合間に龍の力を使えば勝てる気がする。

だけど俺のこの心のモヤモヤを解消するためにずっと付き合ってくれている師匠に、そんな真似はしたくなかった。

それを察したのか、それとも我慢出来なくなったのか、途中からライオネルが参加すると言ってきた。

普段ならライオネルに師匠の相手を代わってもらうのだが、身体を動かしていたかった俺は二人が組むように言い、俺も魔法を解禁することを告げた。

どうやらこの提案が二人のプライドに火をつけてしまったらしく、そこからは容赦ない攻撃が飛んでくるようになった。

全神経を二人へ集中させながら戦うことで、徐々に頭が空っぽになっていく。

すると心の靄《もや》が晴れていく気がした。

それからは数え切れないぐらい地面に転がされ、両手で足りるぐらい二人を地面に転がすことも出来た。

昔のことを思えば俺も少しは進歩したようだ。

ただ対峙していたのが本来の二人だったらと考えると、俺はまだまだ未熟なんだとも気づかされた。

だからこそ未来の成長した俺を想像して努力していこうという気持ちになれた。

迫るライオネルの鋭く振り落とされた大剣を避け、その僅かな隙を見逃さず懐に切り込んできた師匠の剣を後方に倒れ込む形で何とか薄皮一枚斬られただけで躱《かわ》せた。

俺は流れるようにブリッジしながら身体を回転させ、師匠の背中を蹴り飛ばした。

しかし考える暇もなくライオネルの大盾が凄い勢いで飛んできていた。

これを俺は全く回避が出来ず、まともに受けて吹き飛ばされてしまった。

地面に転がされた身体を起こし、再び剣を構えようとした時だった。

いきなり俺の周辺に大きな影が現れ、振り向くと巨大ゴーレムが出現していた。

直ぐに術者であるポーラを見ると、お腹を擦《さす》って不満そうにしている。

「お腹空いた」

その声で太陽の位置を確認すると、模擬戦を開始してから既に結構な時間が経過したようだ。

「あ～、悪い。それじゃあ皆で食堂へ行きましょうか」

その言葉を聞いたポーラはゴーレムを解除し、師匠達も仕方ないと武器を鞘へ戻した。

大訓練場から移動しようとすると、騎士団の面々がこちらを見ていた。

「大訓練場で訓練させていただきました。皆さんのお邪魔となってしまい申し訳ありませんでした」

念のため謝っておくが、騎士団の騎士達は戸惑いの表情を浮かべるだけで、何も言おうとはしなかったので、そのまま俺達は食堂へと向かうのだった。

まさかこのことがきっかけで俺の印象が騎士達の中で大きく変わるとは、この時は思ってもみなかった。

食堂には統括していたローザさんの姿はなく、いつものおばちゃん達と教皇様の侍女達が働いているのが見えた。

おばちゃん達の指示に泣きながら従っているところを見ると、これが彼女達への罰なのだろう。

今回の件で魔族化した者達や教会本部を陥れようとした者達に対しては何も思わないけど、間接的に関わっていた者達には恨まれているだろうなと心配になる。

「ルシエル、神経質になりすぎるなよ」

俺が侍女達を見ていたからか、師匠から声がかかった。

「はい」

ただその一言で、少し自分の気が楽になったことは間違いなかった。

それから皆で食事を済ませ、ナディアとリディアだけを連れて教皇の間へ向かった。

教皇の間を訪れると、教皇様はすっかり落ち着き、凛とした表情で俺達を出迎えてくれた。

「教皇様、おはようございます」

「おはようなのじゃ、ルシエル」

昨日は大変だったはずだけど、何だか今までよりもずいぶん明るくなった気がする。

「昨日はお疲れ様でした。ところで機嫌が良さそうですね」

「うむ。フォレノワールにしゃんとするように言われたのじゃ。妾《わらわ》がいつまでも過去をウジウジ考えているると、ルシエルが折角切り開いた未来も潰すことになるとな」

視界の端に映るフォレノワールを見れば、馬体が昨日の輝く白から元の黒毛に戻っていた。

「フォレノワールは黒毛に戻ってしまったようですが？」

『問題ないわ。この姿でいるのは精霊だとバレないようにするためだから』

教皇様に聞いたはずが、答えたのはフォレノワールだった。

「どういうこと？」

『精霊だとバレると、眷属《けんぞく》とかが祀《まつ》り上げようとしてくるから面倒なのよ』

その言葉を聞いて竜人族を思い出した。そして、精霊を信仰する者達にとって精霊はその比ではないだろうと思う。

「混乱させない方がいいね。でもその姿でいることで体調は？」

『精霊結晶が戻ったから問題ないわ。いざとなったら精霊の力はいつでも行使出来るから助けてあげられるわよ』

「それは頼もしいけど、いいのか？」

『相棒なんだから一緒に旅するのは当たり前でしょ』

「教皇様……」

「ルシエルについていくそうじゃ。妾としても、せっかく力を取り戻したのだから自由にしてもらいたいのじゃ」

教皇様はそう言って笑った。しかし自由という言葉を聞き、教皇様もまた自由になりたいのではないかと思った。

直ぐには無理だけど、いつか教皇様が気兼ねなく外出出来るようにしたいという目標が出来た瞬間だった。

『よろしくね』

「うん。今後ともよろしく。あ、もしかするとフォレノワールには翼竜が飛び回るところで助けてもらうことになるかもしれない。その時に怖がらずに飛べたりする？」

『ふふっ、馬鹿にしているの？　翼竜程度なら相手にならないわよ』

この微塵も歯牙にもかけない態度が頼もしい。

「期待しているよ」

『任せなさい』

今までは喋ることがなかったけど、念話出来るようになってフォレノワールがイメージ通りだったことが分かり、密かに嬉しかった。

さて、それじゃあそろそろ本題に入ろうか。

「教皇様、実は朝から伺ったのは報告したいことがあったからです」

「うむ」

「日が昇る前にドンガハハが意識を取り戻しました」

「生き残ったか……感謝するのじゃ」

「いえ。それからドンガハハは素直に聴取に応じ、今は牢へと移送してあります」

「そうか……。ご苦労じゃった」

「ドンガハハの話を聞いて、公国ブランジュは既に魔族化研究を終えている可能性が高い危険な国だと判断しました」

「そんな」

「何とかならないのですか」

ナディアとリディアの声に反応することなく、俺は教皇様への報告を続ける。

「正直、公国ブランジュの情報が少なすぎるので、まだ情報収集をする必要があります。でもイルマシア帝国の魔族化研究は今ならまだ止められる可能性が高いと判断し、近日中にイルマシア帝国へ向かうことにしました」

「ルシエルには苦労ばかりかけるのじゃ」

「いえ、今回の教会や治癒士ギルドも巻き込んだ件、謝罪致します」

「妾がいけなかったのじゃ。これからは甘えず、もうドンガハハのような者を出さないようにしっかりするのじゃ」

この様子なら教皇様は大丈夫だろう。もしもの時はローザさんがメンタルケアをしてくれるだろうし、カトリーヌさんは張り切るだろう。

「あ、少し話は変わるのですが、ドンガハハが語った、壊れたとされる結界というのは魔道具で展開されていたのでしょうか?」

「うむ、その通りじゃ。今は機能していないがな」

「それは消滅してしまったのでしょうか？　それとも廃棄したということですか？　もしくは壊れたものの残骸はまだあるとか？」

「壊れたままじゃな。そもそも父様が作った魔道具を修理出来る者がいなかったのじゃ」

やはりレインスター卿だったか。しかし壊れた魔道具があるのであれば、皆なら直せる可能性はあるな。一から作るよりも早いし。

「その壊れた魔道具をいただけませんか？　直したら、もしくは同じような結界の魔道具を作ることが出来たら、教会で買い取っていただけませんか？」

「どういうことじゃ？　結界の魔道具が直るとでも言うのか？」

「まだ分かりません。ですが、それを直してみたいと思っている技術者の仲間達がいます。もちろん報酬は魔道具が直ってからで構いません」

「分かったのじゃ。ルシエルだけついて参れ」

教皇様はそう告げ、ネルダールへ転移した部屋とは逆の扉を開いていくと、そこにはお寺にあるような大きな金色の鐘があった。

「これは普通には持ち運び出来ないですね」

「うむ。魔法袋に入れて持ち帰り、いつか再び聖都へ戻してくれることを楽しみに待っているぞ」

教皇様はそう言って鐘を触ると、玉座へと戻っていく。

「ここまでのものは想像していなかった。それにしても教会にこの鐘を置くセンス……」

溜息をついて鐘を回収し、元の位置へと戻ったところで、エスティアのことにも触れることにした。

「最後にエスティアなのですが、帝国へ同行してもらいたいと考えています。もちろんエスティアが了承してくれれば、ですが」

色々と考えた結果、エスティア……正確には闇の精霊の力を借りたいと思ったのだ。それがエスティアのトラウマを刺激することになっても……。

「エスティアよ」

「……申し訳ありませんが……『同行させてもらおう』」

急に雰囲気が変わった。

「『ルシエル、帝国へ行くのならエスティアを連れていくべきだ』」

どうやら闇の精霊が意識の主導権を握ったようだ。

「いいのか？　頼んだのはこちらだけど、エスティアのトラウマを刺激するかもしれない……」

「『そうだ。だからこそエスティアには、帝国で受けた心の傷をきっちり帝国で癒してほしいのだ』」

その言葉が俺にはまるで許しを請うためのように感じられた。

「ルシエル、教会のことは心配しなくても、妾とローザがいるから大丈夫じゃぞ。それに後ろの二人は残るのじゃろ?」

教皇様はそのことに気がついているようだったが、送り出すことを決めたらしかった。

「はい。どうやら公国ブランジュの使者としてドンガハハが会っていたのが二人の兄だったようなのです。そのため変な噂が流される前に手を打っておこうかと」

「まさか」「そんな」

ナディアとリディアは事実を知りショックを受けてしまった。俺はこのことを隠すかどうか迷ったけど、意図せず露見した時の方がショックは大きいと判断したのだ。

「二人とも帝国の件が終わったらまた同行してもらうことになる。それまで教皇様の警護を頼みたい」

「……承知しました」

「……足手纏いにならないように修練します」

出来れば帝国でも二人の力を借りたかった。しかし二人のためにもこれが最善だと判断したのだ。

「ありがとう。それで闇の精霊ではなく、エスティアから了承を得たいんだけど……」

すると闇の精霊から感じる圧が消えた。

「あの……怖いし、また倒れて迷惑をかけてしまうかもしれません」

「うん。無理を言っていることは分かっている。命を危険に晒すかもしれない。だけどついてきてほしい。そしてエスティアが危なくなった時は闇の精霊に頼りたい」

「『我はエスティアを傷つける者に容赦はしない。エスティアを傷つける者は出来る限り排除する』」

「勝手なことをしたらフォレノワールに叱ってもらうからな」

「『……善処す……』ルシエル様、よろしくお願いします」

どうやら主導権がエスティアに戻ったらしい。

しかしエスティアは先程とは違い、闇の精霊とは別の意味で何かを決意したような目になっていた。

「それでは帝国を無事に脱出したら、魔通玉で一度連絡を取らせてもらいます」

「うむ。この聖都だけは妾が何としても死守してみせる。だから頼むぞ、ルシエル」

「はっ」

俺は片膝を突いて頭を下げた。

「フォレノワール、それじゃあ隠者の厩舎に入ってくれるか？」

『いやよ。精霊結晶に戻るから、必要な時に呼んでほしいわ』

「……分かったよ」

きっと自分が精霊結晶から出たい時は出られるんだろうなぁ。

そんな予感はしていたが、好きにさせることにした。

こうして俺は教皇様とローザさんに一礼し、ナディアとリディアに教皇様の警護を頼んでから、エスティアと共に教皇の間から退出し、再び大訓練場へ向かう。

「ルシエル様、もし帝国を無事に切り抜けることが出来たら、一緒にもう一度メラトニへ行ってくれませんか？」

トラウマの克服か。

闇の精霊がどういう感情を好むのかは分からないけど、弱体化する可能性もある。

それでも二人が望んでいるのなら、付き合うことにしよう。

「メラトニだけでいいの？」

「はい、メラトニだけでいいです」

「分かった」

その後、エスティアから教会で過ごした三ヶ月の話を聞きながら、大訓練場の入り口まで戻ってきたところで怒号と剣戟の音が耳に届いた。

「これって戦闘音？　まさか！」

魔族化した騎士はもういないと思っていた。

だけどドンガハハが知らない敵がいる可能性は考慮していない。

俺は急いで大訓練場の扉を開くと、そこには何故か昨日と同じく騎士達が積み上げられていた。

「……これは一体？」

「ルシエル様のお師匠様とライオネル様は、一度ステータスが初期化されたはずですよね？　なぜ騎士達が負けているのでしょう？」

「師匠とライオネルは普通の人族ではなく、修羅の道を歩む人達だから、常識が通用しないと認識したところだよ」

「それは酷くないですか」

そう言いながら、エスティアは口元を手で隠して笑っていた。

俺は溜息をつきながら、皆の治療をするために戦闘を続ける師匠へ歩み寄っていった。

07　大事の前の小事？

回復魔法により復活した騎士達から話を聞くと、どうやら今回は師匠達に教えを乞うため、自ら志願した者達だったことが判明した。

そのきっかけとなったのがどうやら俺だったらしい。

今朝の訓練を見ていた騎士達は、俺が口先だけでなく何度倒されても師匠達へ向かっていく姿勢に胸を打たれたとのことだ。

そして朝食後に師匠とライオネルが大訓練場へ戻ってきた際、俺の姿がないことを確認すると、二人に模擬戦を挑んだのだとか。

「昨日よりも気迫があったから、かなり楽しめたぞ」

師匠はそう満足げに語った。

ライオネルも朝から充実した訓練が出来て、とても機嫌が良さそうに見える。

倒れていた騎士達は治療されるとお礼を述べ、各自の隊へと戻っていった。

その光景を見て、師匠が騎士達の背中へ声をかける。

「悔しさと諦めない心があれば、お前達なら必ず強くなるぞ」

その言葉が届いたのか、騎士達は立ち止まって師匠へ頭を下げ、各々の騎士隊の中へ消えていった。

「あ、そうだ。ルシエル、メラトニへは行かなくていいぞ」

「えっ？　師匠はメラトニの冒険者ギルド長としての仕事があるじゃないですか。ただでさえグルガーさんに黙って出てきたんですよ」

「昨夜、ガルバと色々と話し合ったんだ。それでガルバに、メラトニのギルド長代行をしてもらうことになったんだよ」

「何かあった時の戦力的には助かりますけど……」

「どうせイルマシア帝国に行く予定なんだろ？　俺も少し用事があるから連れていってもらおうか」

ガルバさんとの話し合いも終わっているみたいだし、帝国に用事があるのなら別に断る理由はない。

ただ師匠が帝国に用事なんて聞いたことがないため少し驚いた。

「確かに次の行き先は帝国になるので同行は許可しますよ。ただ勝手なことはしないでくださいね」

「俺の心配よりも自分の心配をしていろ（誰のせいで帝国へ行くことになったと思うんだ）」

「それは確かにそうですけど……」

徐々に師匠の機嫌が悪くなっていく気がする。そんな俺の言葉を無視するように、師匠がライオネルへ視線を向けた。

「戦鬼、そういうことだ」

「身勝手な奴め」

師匠とライオネルは数秒間見つめ合ったあと、お互いに視線を逸らした。

「そういえばガルバさんは？」

「騎士団が所有している馬を借りて昨夜発ったぞ」

「なるほど……」

そういえばカトリーヌさんが教皇の間にいなかったけど……いや、気にしないでおこう。

ライオネルは普段と変わらないように見えるけど、師匠が同行することが分かったからか、いつもよりピリッとした少し張り詰めた空気感を醸し出しているな。

ともあれ、俺は飛行艇内のブリーフィングルームに全員を集め、ドンガハハから得た情報を共有しつつ今後の方針を伝えることにした。

ただ方針とはいっても、帝国への侵入経路や飛行艇で向かった場合の翼竜《ワイバーン》対策、そして帝国の戦力分析だ。

「まず飛行艇で帝都上空まで飛行することは可能かな？」

「可能ですが、翼竜部隊がいるので実際のところは運次第かと。ルーブルク王国との戦闘に出ている部隊は停戦中でもそのままでしょう。ただ帝都を守護している部隊の戦力はそこまで多くないかと」

厳しいと思っていただけに予想外の情報だった。

「帝国には飛行する魔物を撃ち落とす兵器はあるか？」

「私が帝国にいた頃はバリスタという弩《いしゆみ》と魔法で防衛をしていました。他にも魔物や魔族に備えて強力な魔法兵器があったはずですが、上空へ攻撃することは想定していないはずです」

ライオネルの情報から、飛行艇の飛行ルートには問題ないことが分かった。

しかし別の問題が浮上した。魔法兵器は聖域結界で防ぐことが出来そうだけど、バリスタか……。

実際に見たことはないけど、きっと一発でも身体の中心に当たったら即死レベルのものだろう。

高度を出来るだけ上げて、弓が届かないところまでいけば何とかなるだろうか？　ただそうなると降下する時の問題が出てくる。

目立つパラシュートで降下すれば確実に狙い打たれるし、そもそもパラシュートがないし……。

いや、なんとか出来るかもしれない。

「飛行艇の騒音はそこまで大きくなかったよね？　だとしたら闇夜に紛れて帝都へ下りるとかはどうかな？」

「ルシエル様、翼竜は夜行性ですし、帝国では小競り合いもあるため夜の方が警戒しています」

「小競り合い……」

「バリスタぐらいの矢だったら心配無用だぞ」

そこで声を上げたのはドランだった。

「でも、もし当たったら撃墜される可能性があるんじゃや？」

「全く問題ない。こいつが強弩《きょうど》ぐらいで沈むことはまずありえない。翼竜がしつこく飛行艇に噛み付いたり、ブレスを浴びせ続けたりすれば装甲が破壊される可能性もあるが、弓程度なら問題ないぞ」

ドランの目からは土龍で作った飛行艇を信じろという意思が伝わってきた。

「そこまで言うなら生産技術部長を信じよう」

「うむ。あと遠距離からの魔法攻撃は魔法障壁で守られているから、禁術じゃない限り案ずることもないぞ」

ドランは追加情報でフラグを立ててくれたが、気にしないことにした。

「よし。それなら思い切って聖都から山越えの直線ルートで帝国へ向かおうか。それなら他の都市をスルーしていけそうだし」

「確かにそちらの方がいいでしょう」

「だけど露見した場合の言い訳が難しくなりそうなんだよね。帝国にはあくまで友好的な視察が目的ということにしたいからさ」

「ルシエル、それは無理があるだろう」

「飛行艇での移動が初めてだったので、国境を通り抜けたことを忘れていました……みたいな言い訳は?」

「本気で言っているなら一から座学だぞ」

師匠の目は笑っていなかった。

「冗談ですよ。それはともかく上空から降下して侵入するとして、城へ直接入るのと街から侵入するのとではどちらが安全かな?」

「城への侵入経路はたくさんあるニャ。どちらでも問題ないニャ」

ケティも帝都の城に潜り込んだ経験があるのかもしれないな。

それとも元暗部もしていたらしいから、色々と知っていることも多いのかもな。どちらにせよ大事なのは皆の安全だ。

そして人民を掌握するには、どうしてもライオネルという顔が必要だ。

成功すれば戦わずして皇帝と対峙することが出来るだろう。それに帝国が戦争によって圧政を敷いているのなら、それを覆し正すための広告塔になってもらわなければいけない。

「前にも言ったけど、出来ることならライオネルには堂々と凱旋してもらいたいんだけど……」

「それなら帝都の中心地から歩いて堂々と城へ向かいましょう。もしそこで襲ってくる者がいたとしても、その隙を突くことが出来ます。そこに私の偽者がいるのであれば地獄を見せましょう」

ライオネルには既に覚悟があった。

ケティも同じように決意を秘めた目をしている。もはや偽ライオネルの命は風前の灯《ともしび》じゃないかな。

そんな中、帝国行きを選択してくれたエスティアは浮かない顔をしていた。

「エスティア、浮かない顔をしているけど、何かあれば言って？」

「帝都では多くの子供が奴隷にされています。それも無理やり連れてこられた子が多く、私はそんな子達を全員救ってあげたいです」

まずは子供奴隷の保護を訴える……か。過去を少し思い出したのかもしれない。

俺が帝国の奴隷と子供で思い出したのはボタクーリのことだった。彼もまた自らの子供を救うために奴隷商を手伝うような真似をしていた。

エスティアの言う通り、子供だけでも出来るだけ救いたいと思う。

「まずは安全第一。でも、子供奴隷を救えるように考えるよ。奴隷紋はディスペルで何とでもなるからね。あくまでも今回の目的は魔族化研究所を潰すこと。追加で帝都にいる子供奴隷を出来るだけ解放すること」

「ありがとうございます」

お礼を言うエスティアに頷きながら、全員を見回して最後に問う。

「何か言い残していることがあるなら言ってほしい」

するとライオネルが手を挙げ、皆に覚悟を話す。

「帝国兵は強い。一瞬の迷いが命取りになることは十分考えられる。対峙したら相手を戦闘不能にするまで一切気を抜かないでほしい」

ライオネルの言葉は、自分自身に言い聞かせているように思えた。

何しろ自分が育てた部隊や顔見知りと対峙することも十分考えられるのだ。

俺がもし同じ立場だったら、どこまで非情になれるか考えさせられる言葉だった。

皆の視線がまた俺に注がれたところで、会議を締めることにした。

「最後にもう一度言っておきます。今回の目的は魔族化研究所と研究の破壊、魔族化した者がいれば解呪、あとライオネルの偽者を倒すこと。可能なら子供奴隷を解放すること。絶対に皆で生きて帰るぞ」

「「「はっ（はい）」」」

こうして作戦会議は終わったのだが、送るはずだったガルバさんは既にいない。

仕方なくドンガハハを教皇様と会わせるために動こうかとも考えたが、それはグランハルトさんの役目なので、どうしようか悩み始めた。

「悩むならこのまま帝国へ行けばいいだろう。別に準備することなんて大してないんだろ？」

師匠はもっともらしいことを言ったが、実際は飛行艇の中にいるのが嫌なだけだとライオネルに指摘され、部屋に戻ってしまった。

「でも確かに今なら飛行艇の情報は帝国に漏れていないでしょう。バレる前に突撃するのもありかもしれません」

そのライオネルの一言で皆がノリ気になってしまい、教皇様へ告げることなく出発することになった。

ただ帝国へ入る前に飛行艇で調整することがあるというドランの言葉を受け、珍しくエスティアから提案があった。昔、帝国から逃げ出したあとお世話になっていた小さな町があると言うのだ。

場所は聖シュルール共和国内なので、とりあえずその町へ向かうことになったのだった。

俺は大訓練場で準備を整えた方がいいと思っていたけど、皆が教会本部に滞在するのを嫌がったため仕方なく飛行艇に魔力を注ぐと、飛行艇は徐々に高度を上げていくのだった。

08　絡まる運命と因縁

飛行艇の舵を取るのは二度目だけど、空の上を飛行するのってロマンがあるな〜。

パイロット達が年齢を重ね、身体を酷使する長時間飛行を続けてまで引退しようとしない気持ちが、今なら少しだけ分かる気がした。

流れる景色を眺めながら物思いに耽っていると、操縦室に聞き慣れない声が入ってきた。

「空をこれだけの速度で飛んでいるのにも拘わらず揺れを殆ど感じないってことは、制御システムがしっかりしているってことね。それとGを感じることがないのは、魔法障壁が機体にかかる圧力を分散させているからかしら……」

「リィナ様、聖都がもうあんなに離れていますよ」

ブツブツ呟いているのがリィナ、子供のようにはしゃいでいるのがナーニャだった。

「あれ？　昨日のうちにお店に戻ったんじゃ？」

「ルシエル様、おはようございます」

「オーナー、おはようございます」

戸惑いながら二人に聞くと、互いに顔を見合わせたあと、リィナが意外な言葉を口にする。

「朝食の時に姿を見せなかったからてっきり……」

「えっと、師匠達と明け方まで飛行艇を一緒に見学したり話をしたりしていて、客間をお借りしたんですよ」

ドランはきっと二人を労働力として逃したくなかったのだろう。

それにしても明け方までドランと話して……師匠達？　そうなるとポーラとリシアンも一緒だったのか。

それならしょうがないかもしれない。

しかし、それなら出発する前に言ってほしかったな。

「今の状況は分かってない……よね？」

「状況ですか？　空を飛んでいる以外に何かあるんですか？」

「これから行く場所とか……」

「これって試運転なのでは？」

「⁉　……もしかして」

既に噛み合っていないことを察したナーニャの顔から、徐々に血の気が引いていく。

「イルマシア帝国へ……」

「直ぐにＵターンを希望します」

「まだ死にたくないです」

二人は自分達が置かれた状況を理解したらしく、聖都への帰還を頼んできた。

「ははっ。安心していいよ。帝国までは行かず、聖シュルール共和国内の北の町へ行くだけだから。

もちろん安全も最大限考慮するよ」

「そんな～」

そこで俺は仕方なく大訓練場に飛行艇を戻そうと、ドランへと視線を向けると、ドランはこちらを見つめたまま首を左右に振った。

どうやらドランはこのまま二人を連れていきたいらしい。

たださすがに何の覚悟もさせないまま聖都から連れていくのは気が引ける。

溜息をついてから頭を切り替え、二人が納得しそうな妥協案を模索する。

「二人はこの飛行艇に寝泊まりしてドラン達と一緒にいてくれるだけでいいんだけど」

「本当ですか？」

「うん。食事も三食提供するし、客間に籠もってもいいよ」

「仕事もなく三食……。リィナ様、ここはどうやら天国なのではないでしょうか」

「えっ？」

そこまで待遇がいいつもりはなかったんだけど、ナーニャは凄く嬉しそうだ。

「皆さんの話を聞いて帝国が危ないということが分かったので、帰りたかったのですが、飛行艇の中に籠もっていてもいいのですね？」

「ああ」

「「よろしくお願いします」」

二人は顔を見合わせてから俺に頭を下げ、お礼を口にした。

どうやら納得してくれたらしい。

それから二人は飛行艇のことをドランに聞きに行き、俺はエスティアに目的地の案内を頼んだ。

「方向はこのままでいいかな？　あと分かる範囲でいいから、ある程度地形も知っておきたいかな」

「たぶんこのままで大丈夫です。聖都と帝国の間には山脈があり、聖都側の麓《ふもと》に私が暮らしていたエビーザという町があります」

「エビーザ……何処かで聞いた気がするな」

「私が住んでいた町だったことを教皇様からお聞きになったのでは？」

「う～ん、そうだったかな……思い出せないや。その町は過ごしやすかった？」

「最初の頃はあまり覚えていないのですが、町を出る頃にはお世話になった方々が見送りをしてくれて……あ、大きな宿屋さんもあるので、皆さんが滞在することも出来ると思いますよ」

エスティアは過去を思い出し懐かしそうに笑っていた。壮絶な過去を知っているだけに、楽しかった思い出があったことに安堵した。

それと同時にエビーザという町に行くのが少し楽しみになった。

それから暫《しばら》く飛行艇は速度と高度を維持したまま順調に航路を進んだ。

途中で空の旅に落ち着かない師匠が、エビーザにあとどれぐらいで着くのか聞きに来た。少し顔色が悪かったのは真顔だったからだろうか？　あるいはジッとしていなければいけないため、ストレスが溜まっていたからかもしれない。

そんな師匠を見兼ねて、ドランが飛行艇の上部にデッキがあることを伝えると、師匠は直ぐに移動していった。

その師匠の姿を見たライオネルがポツリと言う。

「あの姿を見る限り頼りにならなそうですね」

その一言で皆のピリッとしていた空気感が一気に和らいだ。

特にリィナとナーニャはホッと息をつき、ドランやポーラ達と魔道具について楽しく語り合い始めた。

そんな中でもエスティアはナビ役に徹しながら俺をサポートしてくれていた。

「そういえばエビーザってどういう町なの？」

「エビーザですか？　そうですね……私がいた時は荒くれ者が多いというイメージでした」

てっきり優しい人達がエスティアを支えてくれたのだと思っていたのに、いきなり想像が覆されたぞ。

「荒くれ者……あまり好んでは行きたくない町だな」

「そうですよね。でも実際のところは帝国や王国の戦地から流れてきた兵《つわもの》が好き勝手しないよう、演技しているんです。皆で協力して町を守るというのが暗黙のルールなんです」

「もはや聖シュルール共和国の恩恵を受けていない町だね。住民達は魔物よりも対人戦慣れしていそうだ……」

「魔物との戦にも人との戦にも慣れています。傭兵や冒険者達は近くの迷宮に潜ってレベルを上げるし、敵兵や傭兵から住民を守るために戦っていましたから」

えっ、それって騎士団よりも強いんじゃ……。

「エスティアもエビーザで戦闘技術を磨いたの？」

「いえ、私は一応治癒士として活動していましたから。私が戦闘技術を磨いたのは、イルマシア帝国の奴隷時代です」

うっ、失言だった。

「そう……。えっと、迷宮があるのか。その迷宮がどういうのかは分かる？」

転生龍が囚われた迷宮であれば嬉しいんだけど……。

「実は、聖シュルール共和国とイルマシア帝国の両方に出入り口が存在している珍しい迷宮なんです。私も帝国から逃げる時に通ったので間違いありません」

「両国を繋ぐトンネル的な迷宮か……」

とても有益な情報だな。エスティアにとっては蜘蛛の糸ならぬ、迷宮のトンネルだったのだろうか。悲壮感はなさそうだし、迷宮なら転生龍がいる可能性があるから潜るしかないだろうな。

そのあとはエスティアのトラウマを刺激しないよう、当たり障りのないエビーザでの生活やお世話になった人達のことを話題にした。

だけど結果としては、逆にエスティアから気を遣われてしまっているようにも感じた。

そうこうしてるうちに、前方に共和国と帝国を隔てる山がしっかりと捉えられるようになってきた。

エスティアのナビに従って飛行ルートを調整していくと、遠くに町が見えてきた。

「あれがエビーザかな？」

「はい」

「それじゃあ着陸する準備を皆に伝えてくれる？」

「承知しました……あれは⁉」

エスティアの声に反射して視線をエビーザの町へ向けると、こちらに向かって何かが飛行してくるのを捉えた。直ぐに飛行艇の高度を下げようとした時だった。

デッキにいたはずの師匠がその何かへ向けて、剣を振りかぶりながら飛び出していくのが見えた。

「師匠っ‼」

俺は叫びながら飛行艇の高度を一気に下げ、何とか師匠を受け止めようと考えたのだ。

その判断は結果的に最善だった。

飛行物を斬りに行った師匠は見事にその目的を果たしたが、その瞬間に爆発に巻き込まれて飛行艇へと吹き飛ばされてきたのだ。

飛行艇が受け止めたおかげで師匠は地面に叩きつけられずに済んだのだった。

「心臓に悪いよ」

師匠がこちらに向かって何かを指示しているようだったけど、俺はそれを無視してそのまま飛行艇を着陸させた。

「師匠、平気でしたか？」

「ああ。だが、なんでそのまま突っ込まなかった？」

なるほど。そういう指示でしたか……。

「ここはまだ聖シュルール共和国内ですし、戦をしに来たんではないですから」

「だが、向こうはずいぶんとこちらを警戒しているようだが?」

師匠の言葉を聞いてエビーザの町へ目を向けると、冒険者なのか傭兵なのか分からない者達が入り口付近でこちらを窺っていた。

「確かに……。エスティア、理由は分かる?」

「えっと推測になりますが、未知の飛行物体が近づいてきたので防衛しようとしているのでは……」

「あ、そうか。それじゃあ飛行艇をライオネルの魔法袋へ収納してくれる?」

「はっ」

ライオネルが直ぐに飛行艇を魔法袋へ収納すると、エビーザの町の警戒が強くなった気がした。

「戦うつもりはないけど、襲ってきたら無力化しようか」

「無力化するのは構いませんが、殺さない方向でお願いします」

「ルシエル様、その前に私が説得してきてもよろしいでしょうか?」

エスティアが何かを主張してくるのは珍しい。

それほど思い入れがあるのかも知れないな。

俺にとっての大事な場所がメラトニであるように、彼女にとってはエビーザが大事な場所なのかもしれない。

「任せるのはいいけど、あれだけ警戒しているのに大丈夫?」

「はい」

迷わずに頷いたエスティアに、俺は任せてみることにした。

「それじゃあここはエスティアに任せるけど、さすがに一人で行かせるわけにはいかない。誰か一緒に行ってくれ」

「俺が行こう。魔法をぶっ放してきた相手のことも知りたいし……」

「却下です。ケフィンとケティが同行してくれる？」

「はっ」「仕方ないニャ」

「おい、ルシエル」

師匠の鋭い視線は無視して、俺は三人を送り出す。

「何かあれば攻撃を躊躇《ちゅうちょ》しないように。まぁ俺達も直ぐに駆けつけられる距離までは一緒に行くからね」

俺の言葉を聞くと師匠からの圧が消えたので安堵する。

それから距離にして五十メートルほどのところで俺達は待機し、三人はさらにエビーザの町へと進んでいく。

その背中を見て俺は呟く。

「この危険かもしれない場所へ送り出すっていう感じが、とても嫌だ」

「自分で行く方が気持ちは楽ですからね。私もこの感じが嫌だから最前線で戦っていたのです」

ライオネルは俺の呟きに、エスティア達から目を逸らさないで答えた。

「そういえばエスティアが言っていたんだけど、あのエビーザの近くに迷宮があって、帝国側と繋がっているらしい。そのことを帝国は知っているのか？」

「ええ、聞いたことはあります。ただ私は行ったことがありません。騎士になりたい者がレベルを上げるために向かう場所だと認識していました」

「帝国には他にも迷宮があったりするの？」

「いえ、帝国領は徐々に広がり、その度に調査されていましたが、他に迷宮が見つかったという報告はなかったはずです」

それなら転生龍が封印されている迷宮である可能性もあるのだろうか？

そうだったとしたらナディアを連れてくれば良かったかもしれないな……。

そんなことを考えていると、エビーザから歓声が聞こえた。

見てみるとエスティア達が冒険者や傭兵？ に囲まれていたが、なにやら歓迎ムードで、厳《いか》つい冒険者がだらしない顔をして笑っているのが分かった。

「……大丈夫そうだな」

「そのようですね」

「……」

どうやら心配はいらなかったみたいでホッとした。しかし師匠は攻撃されたからか、未だに警戒を解こうとしなかった。本当は師匠ぐらい警戒していた方がいいのかもしれない。皆がいるし、エスティアの話を聞いていたからか、警戒心が薄くなっていたと思う。

エスティア達から合図がありエビーザへと近づいていくと、こちらを見る目が徐々に険しいものへと変化していくのを感じた。

何だか面倒事に巻き込まれる予感がした。

「ルシエル様、皆さんはルシエル様の来訪をとても喜んでくださいました」

エスティアがこちらへ駆けつけて、嬉しそうに言うが、とてもそうは感じられなかった。

「悪いけど言葉通りだとは信じられないかも……。何だか敵意を向けられている気がするんだけど……」

「えっ⁉」

エスティアが俺の言葉を聞いて、視線をエビーザに向けると、俺の言っている意味が理解出来たらしい。

戸惑いの表情を浮かべる。仕方なく俺は遠くから挨拶することにした。

「皆さんこんにちは。私は聖シュルール共和国で治癒士をしているルシエルと申します。迷惑をかけたりはしませんので、出来れば町へ近づきたいのですが」

すると一人の男が集団の中から出てきた。

その男は、とんがり帽子を頭に載せ黒のローブを纏い、杖を突いている。昔ながらの魔法使いのイメージをそのまま体現したような人物だった。

ただ右手には漆黒の手袋をしていて、左手には手袋がなかった。

「お初にお目通りが叶い嬉しく思います。私は現在このエビーザを取り仕切っているバザックと申します」

「バザックだと!? あの深淵の魔導士バザックが何故エビーザにいる!」

声を上げたのはライオネルだった。

深淵の魔導士って通り名なら魔法に造詣が深いってことだろうか？ それにしてもライオネルとあまり良好な関係には見えない。

ライオネルは今にもバザックと名乗った男を斬りに突っ込んでいきそうな雰囲気だ。まぁ師匠の方は既に剣を鞘から抜いているんだけど……。

「知り合いなの？」

「まだ帝国将軍だった頃に苦戦を強いられた男です」

「まだ覚えていたか。イルマシア帝国将軍ライオネル……ん？ それにしては若い。お主は誰だ？」

「戦争奴隷となってから随分と耄碌《もうろく》したようだな」

「貴様は!!」

バザックと名乗った男がライオネルに殺気と杖を向けると、周りの傭兵や冒険者達が一斉に武器を構えた。

エスティアが混乱する中、ケティとケフィンは背中合わせになって武器を構えた。

さすがにこのままだと戦闘になりそうなので、俺は直ぐに間に入る。

「もう一度挨拶しておきます。私はS級治癒士のルシエル。そして彼は私の従者であり、仲間です。こちらが望むのは戦闘ではなく対話です」

「S級治癒士……。噂によると魔法を発動出来なくなったとのことですが、その様子ならあくまでも噂のようで良かった。貴方だけであれば喜んで歓迎いたしますが、帝国の将軍を連れているのなら話は別です」

「まず訂正させていただきたい。私はＳ級治癒士を退き、新たに賢者へ至りました。そしてライオネルは二年も前に嵌められ、奴隷の身分となって追放されているので、現在は帝国の将軍ではありません」

「奴隷ですと？　ふっはっは。そんなことがあるはずなかろう。現に帝都では戦鬼将軍が軍備を……」

バザックと名乗った魔導士はそこで言葉を切り、左手で顎鬚を撫で出した。

場を沈黙が支配する。

この沈黙に耐え切れずに喋り出すと、相手によっては自信がないとか虚言だとか判断される場合がある。

だけど最悪の場合も想定して、師匠へ視線を送っておく。

「攻撃してきたら首を狙う。援護は任せる」

「はい」

それからも長い沈黙が続き、周りの傭兵や冒険者達が痺《しび》れを切らし始めた頃、ようやくバザックと名乗った男は俺とライオネルを見ながら杖で地面を突いた。

それが合図になったのか、冒険者や傭兵が武器を収めていった。

「戦鬼将軍が戦場に出なくなったと聞き、ようやく貴様が落ち目になったと喜んでいたが、まさかそういうカラクリだったとは……」

「バザックさん？　ライオネルと何やら因縁があるようですが、我々をエビーザで受け入れてもらえますか？」

「聖シュルール共和国内で私怨を理由にS級治癒士を追い返すことは出来ません。ただもう少しだけお話に付き合っていただきたい」

「まだライオネルの件で何か？」

「確かに戦鬼将軍と私の間には因縁があります。ですが、そのことではありません」

「それでは何を？」

「先程、賢者に至られたと言われましたな？」

「ええ」

「つまり、回復魔法を発動出来ると考えても？」

「発動出来ますよ。証明するために怪我をされているならサービスで治しましょうか？」

こちらを窺うあの視線は好きじゃないが、何故かあまり嫌な感じはしなかった。

「ルシエル様、私が帝国の将軍時代にバザックの右腕を切り落としました」

それじゃあ手袋をしていたのは義手ってことか。

ライオネルとの因縁が腕を切り落とされたことなら、治してスッキリという感じになるだろうか。

いや、そんなに簡単には恨みが晴れることはないよな。ただ少しは軽減するかもしれない。

そうすれば少しは協力してくれるかもしれない。そんな極めて単純な思考で俺はバザックという魔導士の腕を治すことに決めた。

「バザックさん？　とりあえず大声は辛いので二人で会話したいのですが……」

「いいでしょう」

回復魔法を使うことを条件にお互い歩み寄り、俺とバザック氏だけが近づいた。

「それじゃあ治すので、もし義手をされているなら、その義手を取り外してください」

「な、何を言って……」

バザック氏が慌てるのが珍しいのか、冒険者や傭兵達のざわめきが大きくなった。

俺は構わず義手を外すよう手振で促す。

「こうして傭兵や冒険者達に囲まれるのはあまり気持ちの良いものではありません。さぁ」

バザック氏は迷いながらも義手を外してくれたので、直ぐにエクストラヒールを発動させた。

するとバザック氏の身体が光に覆われ、そして直ぐに光が収まった。

「さ、さっきの光は何かの………!?」

回復魔法を発動された実感がなかったのか、何事もなかったかのように話そうとしてバザック氏は違和感を覚えたのだろう。

先程まで義手をしていた右手を恐る恐る確認して固まってしまった。

「これで私が回復魔法を発動出来る証明になりますかね？」

バザック氏は声が出せずに頷くばかりだったが、後ろから見ていた冒険者や傭兵達は耐えきれずに大きな声を上げた。

「う、腕が生えてるぞ」

その言葉を皮切りに、回復魔法の効果を知った者達が次々に声を上げ始める。

「おい、本物だぞ」

「あれがＳ級治癒士の実力か」

「まるで古《いにしえ》の賢者」

「そうだよ、さっき賢者って名乗っていたじゃないか」

「これならまだまだ戦えるぞ」

「直ぐに治癒が必要な者達を集めるんだ」

何人かの男達が一斉に町の中へと駆け出した。

気がつけば、いつの間にか先程までのこちらを窺うような視線ではなく、エスティアを迎え入れた時のような歓迎する視線へと変化していた。

「賢者ルシエル様、エビーザは貴方と貴方の従者達を歓迎いたします」

バザック氏はそんな彼等の行動を見て我に返ったのか、深いお辞儀をして歓待の言葉を口にするのだった。

ようやく町に入れることになったものの、まだ何かに巻き込まれそうな予感が消えることはなく、俺はこの町へ寄ったことを後悔し始めるのだった。

09　厄介事の正体

エビーザの代表のような存在であるバザック氏にエクストラヒールを発動したことがきっかけとなって、俺達は歓迎されながらエビーザの門を潜ることが出来た。

バザック氏はエビーザを案内しながらも、意識は治療された右手に集中しているようだ。その様子は、彼が何度も右手を開いたり握ったりしていることからも窺えた。

それにしてもこのバザック氏は随分と冒険者や傭兵から好かれているらしく、彼等には治療もしていないのに俺に感謝していた。

その光景がメラトニの冒険者ギルドの時と少しだけ似ていて、懐かしい感じがした。

ただその歓迎ムードは町の中へ進むほど弱まっていき、またこちらを窺うような視線を感じるようになった。

もしかすると戦うことを生業《なりわい》にしているバザック氏達と、住民の間には溝があるのかもしれない。

俺のそんな思いを察してか、バザック氏は申し訳なさそうに言葉をかけてくる。

「住民達をあまり悪く思わないでいただきたい。ここ数年、流浪の治癒士が多くこの町を訪れ、殆ど効きもしない回復魔法で治療費を無心したり、野盗と化した帝国兵の残党が盗みやいざこざを起こしたりしたため治安が悪化しているのです」

悪徳治癒士と、野盗となった帝国兵……。それが本当なら敵対されないだけマシというものだ。

「過剰な反応だとは思いましたが、戦地が近いとそういうこともあるのですね」

こういう戦地に近い場所だからこそ、経験があり誠実な治癒士が必要だ。しかし優秀な治癒士を危険で人が少ない町に滞在させるのは難しい。

他人を治すために自分の命を懸けられる者ばかりではない。俺だってイエニスでは護衛してくれた騎士達以外にライオネル達にも来てもらったぐらいだし……。

それにしても噂に聞くのと、現地を訪れて町の雰囲気に触れるのとでは印象がだいぶ違うな。

ちなみに師匠とライオネルは悪徳治癒士よりも野盗化した帝国兵に憤りを見せた。

今さらながら俺が転生してから最初に訪れた場所がメラトニの街で良かったと思う。

地に足の着いた生活が出来るようにと治癒士のジョブを選択したけど、師匠達との出会いなくして今の俺はいないからだ。

本当に豪運《ごううん》先生様々だ。

仮にこのエビーザが最初に訪れた町だったら、この町で一生暮らしていたかもしれない。

もし同じように冒険者や傭兵となって外の世界を目指していたとしても、常に命がけだったはずだから、心が摩耗して追い込まれていた可能性もある。

もしかすると俺が感じてきた以上に厳しい世界なのかもしれない。

さらに町の中央通りを歩いていくと、冒険者ギルドと治癒士ギルドが対を成すように建てられていた。

「ここがこの町の中心地で広場となっています。この中央広場には各ギルドの建物があります」

バザック氏の話を聞き、歩いてきた道を振り返れば、そこには商人ギルドと薬師ギルドが同じように対を成して立っていた。

今になって気がついたけど、エスティアから聞いていた荒くれ者が多い町だが、町の中は綺麗に整備されており、とても戦地から近いとは思えなかった。

町並みを見渡していると、ふとエスティアと目が合った。

そういえば治癒士ギルドに、エスティアの知り合いがいるかもしれないな。

俺はそう思い、エスティアに提案する。

「エスティア、治癒士ギルドに知り合いがいるなら行って来てもいいよ」

「ありがとうございます。でも大丈夫です」

エスティアは笑顔を作って断ったが、先程から視線が治癒士ギルドへ注がれているし、遠慮しているだけなのは丸分かりだった。

冒険者や傭兵から歓迎された様子だったから、治癒士ギルドでも可愛がられていただろうに……。

そこまで考えて俺はハッと思い出す。

エスティアは闇の精霊のおかげでわずかに回復魔法を発動出来るけど、何度も発動することが出来るわけではないのだ。

もしかしたら職員がエスティアを馬鹿にして、闇の精霊が怒って記憶を消している可能性も……いや、さすがにそこまでは妄想のしすぎかな。

……これ以上は考えないことにして、エスティアにも強くは言わないことにした。

「そうか。行きたくなったら、いつでも行ってくれていいからね」

「ありがとうございます」

エスティアはそう言って笑ったが、どこか寂しそうにも見えた気がした。

それにしても治癒士と野盗が気になるな……。

帝国という面倒事が控えている中、新たな面倒事は勘弁してほしいというのが本音だった。

だけど治癒士が関わっている以上、放っておくことも出来なかった。

ちょうどこの町の中央にいるのだし、俺は直球でバザック氏の思惑を聞き出すことにした。

「それでバザックさん、こうして町の中央まで私達を連れてきた目的は宿への案内なのでしょうか?」

「いえ、賢者ルシエル様には怪我人の治療をお願いしたいのです」

確かに先行した冒険者達に、治癒が必要な者を集めろとか何とか言っていたのは聞こえていた。

場所を中央広場にしたということは、治す対象が多いか、重傷者がいるのかもしれない。

だけどバザック氏への答えは既に決まっていた。

「お断りします」

「……理由をお聞きしても?」

俺の言葉が予想外だったのか、バザック氏の顔に少し焦りが見えた。

「治癒士ギルドがそこにありますし、この町には治癒院だってあるはずです。私が貴方を治療したのは、私達が敵ではないと判断してもらうためですよ」

「くっ！　しかし賢者様でなければ助けられない者がいるのです」

「私が治療したら、治癒院で働く治癒士達の仕事を奪うことになります」

昔は治療のガイドラインもなく、治癒士が必要のない上級魔法を発動させて治療費を荒稼ぎし、払えぬ患者を奴隷にしてしまうケースがあった。

たぶんほとんどの治癒士の収入は減っただろう。これで俺が各地で治療していくと、さらに治癒士達の生活を圧迫してしまうことになる。

メラトニや聖都の冒険者ギルドにはお世話になっていたから、聖変の気まぐれの日なんて名前がついた治療日を教皇様から許可してもらっていたけど……。

今後はなるべく知り合い以外の治療はしない方がいいだろう。もしくは教皇様と相談した方がいいかもしれないいな。

ただ俺がバザック氏の依頼を断った理由は別にあった。そんな俺の対応を見て、口を開いたのはライオネルだった。

「バザックよ、ルシエル様を甘く見たな。誠実さではなく、情に訴えるという駆け引きに持ち込むとは……」

「戦鬼……。治療をお願いしたかったのは、この町にいる治癒士では救えなかった者達なのです。治癒士ギルドには、ギルド本部にS級治癒士を派遣してもらえるよう陳情をしていましたが、音信もなく諦めていたのです」

……噂でだいぶ混乱させてしまったからな。だけど救えなかったのにも拘わらず、まだ生きているのだろうか？

「師匠、回復魔法が効かない、効きにくくなるみたいなことはあるんでしょうか？」

「なくはないな。高位魔物の闇魔法や呪いとか、体力を奪う魔剣で斬られた場合とかな」

「なるほど……」

「ルシエル、考えすぎるなよ。お前はいつまでもお前のままでいいからな。何かあれば俺達が守るし、止めてやる」

ああ、この人はこういうところが狡《ずる》いんだよな……。

でもそのおかげでいつも心が軽くなる。それを実感するほど、俺の心は疲弊して余裕がなくなってきているのかもしれない。

「はぁ～。患者達はどこですか？」

「診ていただけるんですか！」

「まずは診てから判断させていただきます。もちろん後で治癒士ギルドに確認しますからね。それと治癒院が本当に匙《さじ》を投げた患者だけしか治療しませんよ」

本当は全員治すつもりではいるけど、治癒士達の仕事を奪いたくないというのも本音だった。悪徳治癒院でないなら支援することを考えた方がいいかもしれないな。

バザック氏は俺の言葉を聞いて安堵の表情を浮かべると、その場で手を挙げた。

それが合図になっていたのか、町中から中央広場へと人が集まり始めた。

その数のあまりの多さに皆は直ぐに戦闘陣形を構築し、ライオネルはバザック氏の背後に立った。

「ここに集まって来た全員が患者だとでも？」

「いえ、確かに怪我人ではあるので治療していただけるのならありがたいのですが、殆どの者は治癒院で治せる者達です。賢者ルシエル様に治していただきたいのは十名の患者です」

これだけの住民に慕われているのなら、かなりの人格者なのだろう。ただ気になったのは一部の者達から向けられる圧だった。

そのことからバザック氏の護衛、もしくは本来の統治者を守護している者達ではないかと思えた。

そうでなければこれだけの人数が集まるなんて考えられなかった。

もしこれが治療させるための作戦であったのなら、俺達にとっては逆効果なことはバザック氏なら分かるだろう。

「治療する前にこれだけの圧力をかけられると気が散るので、患者以外は解散していただきたい」

皆は直ぐに動ける状況を作り出すため武器へと手をかけた。

以心伝心とはこういうことを言うのかもしれないな。

「敵対するなど滅相もない。ここに集まった者達は皆その十名が……特に代表者である二人のことが心配で見に来たのです」

バザック氏はブンブン首を横に振って言った。

どうやら嘘は吐いていないようだけど、果たして……。

そこからはお互い沈黙を守る形になったが、そこへ怪我人達が運ばれてきた。

沈黙を破ったのは俺やバザック氏ではなく、ライオネルだった。

「なっ⁉　アルベルト殿下！　それにメルフィナだと」

ライオネルが尋常ではない驚きを見せたことに俺も驚くが、それよりも気になったのはライオネルが運び込まれて来た患者を殿下と呼んだことだった。

普通に考えるのなら、あの中の一人が帝国の皇子ということになる。なるほど、バザック氏が助けたかったのは自分にとっての生命線であり主《あるじ》だったんだな。

ふとここで俺の中に疑問が生まれた。

帝国兵が野盗と化して迷惑をかけたというのであれば、住民までこぞって救いたいと思うだろうか？　いや、普通は思わないだろう。

それなのにこれだけの人が快気を願っているのは――。

「ライオネル、この二人が誰なのか教えて」

「はっ。先頭で運ばれてきたあの二名は、帝国第一皇子であられるアルベルト殿下、そして予言の聖女メルフィナです」

ライオネルは俺の声で我に返ると二人のことを教えてくれた。

これが出発する時に抱いていた嫌な予感の正体だったのかもしれないな。

「説明してもらえますね？」

「現在は帝国の戦略に異を唱える我等レジスタンスのリーダーが、アルベルト元殿下なのです」

バザック氏はそう補足したが、全然情報が足りなかった。

「元ですか？　つまり帝国の皇子をこれだけの者達が助けたいと願っていると？」

「詳しいことは治療が終わった時に全てお話しします。どうか皇子をお救いください」

　簡易的な作りの担架がゆっくりと俺の目の前に下ろされると、直ぐにその症状が分かった。

　何故なら彼等からは瘴気《しょうき》が漏れていたからだ。

「ライオネル、助けた方がいいのかどうかはライオネルが判断して」

「ルシエル様、お願いします。いいな、旋風？」

「ルシエル、助けてやってくれ」

　ライオネルが迷わずに治療を選択したのはいいとして、なぜ師匠に聞いたんだろう？　少し疑問に思いながらも俺は頷き、皆へ指示を出していく。

「治療は引き受けます。その前に念の為少しだけ。皆、戦闘準備をお願い。民衆の中に苦しみ出した者がいれば捕らえてほしい」

「何ですって？」

　俺はバザック氏の言葉を無視して、言葉を紡ぐ。

「【聖なる治癒の御手《みて》よ、母なる大地の息吹よ、魔に堕《お》ちた存在を、不浄なる存在を、全てを飲み込む浄化の波となって祓え、ピュリフィケイションウェーブ】」

　教会本部でも使った新作聖属性浄化魔法を発動させると、俺を中心に青白い光が波紋のように幾重にも広がっていく。

　これで魔族が出たらそっちは皆に任せることにし、浄化波《ピュリフィケイションウェーブ》を受けて苦しみ出した元殿下と聖女、他の八人の治療を始める。
しかし続けて魔法を唱えようとしたその時だった。
俺に向かって短剣が飛来し、鮮血が舞った。

10　搦め手

エビーザで治療を求められた患者は、帝国の元皇子と聖女、残りもたぶん帝国関係者だと思われた。

どれだけの治癒が必要なのか調べると、元皇子と聖女からは瘴気《しょうき》が漏れていることが確認出来た。

きっとネルダールでウィズダム卿を治療していなければ、治療を躊躇することになっていただろう。

直ぐに治療を始めようとしたが、魔族もしくは魔族化に関わっている者が隠れている可能性を警戒し、念のために浄化波《ピュリフィケイションウェーブ》を発動することにした。

人族のままなら苦しむことはないので、特に問題は起きないだろうと判断したのだ。

まぁ浄化波は、魔石を埋め込まれている元皇子や聖女達にとっては攻撃されているように感じたかもしれないけど……。

直ぐにディスペル、リカバーを発動し、最後にエクストラヒールを発動しようとした時だった。

「危ない」

そう聞こえた瞬間、俺は右側から突き飛ばされた。

「なにを――!?　エクストラヒール」

俺を押したのはバザック氏だった。

そして押されたことに抗議しようと彼に向き直った時だった。彼の背中から胸にかけて短剣が深々と突き刺さり、血でローブが赤黒く染まっていくのが分かった。

彼が倒れかかったところを受け止め、即死していないことを願って直ぐにエクストラヒールを発動すると、再びバザック氏は青白い光に包まれた。

「大丈夫ですか？」

「え、ええ。痛みもありませんし、やはり賢者になられる方の回復魔法は凄まじいものがある」

「庇《かば》っていただいてありがとうございます」

意識外から幾つもの短剣が飛んできたので、反応することが出来なかった。

師匠、ライオネル、ケティ、ケフィンは住民の中で倒れた者へ突撃していたし、エスティアとドランはポーラ、リシアン、リィナ、ナーニャを守っていた。

そのため俺を庇ったのがバザック氏だったということだ。

「いえ、こちらこそご迷惑をおかけしました。申し訳ありませんが、彼等の治療をお願いします」

「分かりました」

どうやらバザック氏は問題なく回復出来たようだ。

それにしても魔導士なのに身体を張るとか、不手際を直ぐに謝るとか、少し師匠やライオネルと似ている気がした。

気を取り直して、順番に元皇子達へとエクストラヒールを発動していった。

ちなみに短剣を投擲《とうてき》した者は、怪我人として運び込まれた中の一人だった。

浄化波でダメージを受けたが、苦しみながらも立ち上がって、何処に隠していたのか短剣を取り出して俺に投げつけたらしい。

短剣を投げた騎士っぽい漢《おとこ》はエスティアが無力化してくれていた。これから情報を手に入れるために闇の精霊とケティ、ケフィンによる厳しい拷も……尋問が待っているだろう。

「一応治療は終わりました」

「ありがとうございます。そして大変申し訳ありませんでした。まさかこんな凶行に出てくるとは思わず……」

バザック氏は九十度近いお辞儀をして、俺にずっと謝罪していた。

「謝罪はさっき受けました。それよりこちらも助かりました。治すことに集中していたので、短剣には気がつきませんでしたし、この町にも私達が相手にしないといけない者達が紛れていたみたいですから」

念のためだと思って発動した浄化波で苦しんでいたのは短剣を投げてきた者以外に、住民の中にも数人いたようだ。

だが、敵対者は短剣を投げつけてきた者以外にはいなかった。

そのことから考えると、元皇子達はかなり危険な状態だったのだろう。

それにしてもエビーザで何故これだけ慕われているのだろうか。

「ライオネルが先程、彼と彼女のことを殿下と聖女と呼んでいましたが、何故この町で二人のことを慕う者がこれだけ多くいるのでしょうか?」

「アルベルト元殿下とメルフィナ様は、現在の帝国のあり方にかなり前から疑問を持たれていたのです。そして皇帝に意見した頃から冷遇されるようになり、溝が深まったことで反旗を翻《ひるがえ》し、皇帝に譲位するよう迫ったのです。しかし作戦は失敗に終わり、自らが追われる立場となってしまい、実際に一度は囚われの身となられました」

クーデターに失敗すればそうなるだろうな。

「どうやって帝国から逃げたのか分かりますか？」

「メルフィナ様が捕らえられたアルベルト殿下を脱獄させ、我らとともに帝国を脱出したのです」

バザック氏の説明に、いつの間にか戻ってきていたライオネルが歯を食いしばっていた。

師匠は元皇子を見てから、眉間に皺を寄せて目を閉じた。

「……どのルートで逃げられたのか、もっと詳しく説明していただきたい」

「現在イルマシア帝国は、ルーブルク王国と停戦中となっています。その理由は資金をつぎ込みながら、戦争に勝てない日々が続いたからです」

ライオネルがいなくなったからだろうけど、それだけが停戦の理由になるだろうか？

「資金難で停戦、それが逃げられた理由？」

「いえ、軍資金を賄うために住民に重税を課しただけでなく、武力に秀でた者のみを優遇して文官たちを冷遇し始めたことにより、元殿下の協力者が数多くいたのです」

師匠とライオネルから感じる圧が一気に強くなった。というか、放っておけば勝手に帝国は崩壊へと進んでいく気がする。

「そんなことをすれば、統治していたバランスが崩れてしまうのでは？」

「ええ。だから不満を持つ同志の助けにより帝都から逃亡することが出来たのです」

なるほど。だけど元皇子の状態やスパイがいたことを考えると、たぶん泳がされていただけだろう。

全て鵜呑みにするのは危険だな。

ただ慕われている理由が未だに分からない。

「エビーザは聖シュルール共和国です。何故帝国の元皇子がエビーザの住民達からこれだけ心配されているのでしょうか?」

俺には知らないことが多すぎるな。こういう時にドンガハハのような知恵袋がいれば、相談出来たのだろうか。

「エビーザに逃げ込んだ日から、帝国の評判は落ちていくばかりでした。すると帝国の未来を憂いた元殿下を慕う者達が各地からエビーザへ駆けつけ、皇帝の圧政を止めるための組織が大きくなっていったのです」

「エビーザをレジスタンスとして吸収したと?」

「いえ、自衛団となることで住民の方々とは協力関係を築いたのです」

住民が依存したら、それは支援ではなく戦略的な侵略ということになるはず。だけど聖シュルール共和国が排除しないのだから、住民達も頼れる組織があれば頼りたいだろう。

国の根幹が揺らいでいる隙を突かれたとも言えるかもしれない。とはいえクーデターは失敗した。元皇子はレジスタンスとして味方を増やすことには成功したようだけど、譲位を迫り自分が皇帝となることが目的なんだろうか?

チラッとライオネルを見て思ったのは、ライオネルがいたのなら皇帝か元皇子の暴走を止められていただろうということだ。

その証拠にライオネルの眉間に皺が寄っていた。そして師匠からはライオネル以上に剣呑とした怒気が感じられた。

師匠は帝国と何か関係があるのだろうか？

「その組織……レジスタンスはどのような活動をしていたのでしょうか？」

「違法奴隷商からの奴隷の解放。帝都で好き勝手する兵士への掃討。無実の罪で投獄された者達の解放。それと帝国が暴走する原因を作った戦鬼将軍の暗殺……。まぁこれは失敗しましたが、あれが偽者だったのなら倒せたはず……」

その解放された者達もまたエビーザに集まっているってことか。偽者に関しては助けたい協力者でもいたんだろう。それにしても偽者なら倒せたはず……か。それって偽者がライオネルみたいに強いと考えるべきか、それともレジスタンスが思っていたよりも弱い組織なのか、それとも裏切り者がいたから倒せなかっただけなのか、不安要素が多いな。

確かに奴隷を解放し、投獄された者を解放し、権力を笠に着た兵士を倒したのなら慕われるだろう。

そこで俺は逆算して考えてみることにした。

レジスタンスの最終目的は元皇子が帝位に就くことだとする。そうなるとクーデターの失敗は大きな痛手となったはずだ。

バザック氏が正直に話したということは、やはりこちらに協力させたいという思惑があるのかもしれない。

ただ俺はこの手の腹黒い人物を相手に出来るほど駆け引きが得意ではないため、師匠かライオネルに任せたい。

だけどその前に意思の統一を図りたいので、下手に言質を取られる前に離脱することを決めた。

「なるほど。組織運営はどこも大変なんですね。さて、彼等の治療も終わりましたし、魔力を使いすぎているのでまずは宿へ案内していただきたいのですが？」

「……彼等が目覚めるまで待ってはいただけないのですか？」

思惑が外れたのか、バザック氏はここに留まらせようとするが、俺はそれを断った。

「私は私に出来る最善の魔法を発動させました。それは主神クライヤ様と聖治神様に誓えます。それとも何か宿に案内出来ない理由でもあるのですか？」

「……いえ、そういうわけではありません。今回は無理に治療を頼んでしまったお礼として、是非私が住んでいる屋敷へ招待させていただきたいのです」

あの手この手で来るな。

本当なら断りたいところだけど、リィナとナーニャをこの町に置いていくつもりなので、ここで波風を立てたくない。

仕方なくバザック氏の屋敷でお世話になることにしたのだった。

屋敷はグランドルで泊まった高級ホテル並みの大きさだったこともあり、全員で宿泊しても全く問題なさそうだった。

しかし昼間のこの時間帯でドラン達がジッとしていられるわけもない。庭が広いことを確認したドラン達が飛行艇の調整をすると言い出し、ルシエル商会生産技術部は屋敷に入ることなく庭の一角を占領してしまった。

その後ろから師匠が「頭を整理するからあとは任せる」と、ドラン達の警護に回ってくれた。

ケティ、ケフィン、エスティア（闇の精霊）は魔族化していた者達を拷も……取り調べるため、屋敷の使われていないという地下室へと下りていった。

その際、ケフィンから物体Xを一樽求められたので渡しておいたが、あれだけで足りるのだろうか……と少し不安になった。

そして俺はライオネルとテーブルを挟んで向かい合うように居間の椅子に座り、今後のことについて話し合いを始めた。

「ルシエル様、申し訳ありませんでした」

「何を謝るのさ」

「アルベルト殿下は私が武術指南をしていた方なのです。戦争よりも民の暮らしを安定させる道を模索する方でした」

「それがクーデター未遂。元って言っていたから皇子は既に廃嫡されたのかな。ライオネルとしては本人から状況を聞きたいということかな？」

「はい。私はルシエル様の従者として誇り《プライド》を持っておりますし、今更帝国へ戻るつもりもありません。

ですが、このまま帝国が内部から朽ちていくところは、見たくないし聞きたくもないのが正直な気持ちです」

故郷に愛着があるんだろうな。それは俺にも分かる。

「何か案はあるの？」

「アルベルト殿下が率いている組織と協力して帝都へ向かいましょう。我等の目的は魔族と魔族化の研究所の破壊。それと私の偽者を討つことです。帝都を制圧することではありません」

「確かに目的はそうだね。それじゃあバザック氏が来たら、アルベルト殿下との対応はライオネルに一任するね」

「感謝します」

「それでバザック氏は信用出来る相手かな？」

「私がまだ将軍ではなかった頃の話です。戦場で基本四属性魔法を自在に操る魔導士と遭遇しました。苦戦の末に何とかその者を叩き切り勝利を収め、その功績から将軍位を与えられたのです」

「何が苦戦だ。人の魔法をバカスカ斬っておいて。火達磨《ひだるま》にしてやったのに笑いながらそのまま突っ込んできて、私を叩き切った戦場の鬼だったくせに」

声がした方を向けば、バザック氏が居間へとやってきた。それに続いてアルベルト元殿下と予言の聖女メルフィナが入ってくる。

俺が立ち上がりそちらに目をやると、バザック氏が二人を紹介した。

「賢者ルシエル様、ご紹介させていただきます。こちらが組織のリーダーであるアルベルト元殿下と、副リーダーの聖女メルフィナ様です」

「賢者ルシエル、この度は命を救っていただき感謝申し上げる。私は元帝国第一皇子だったが、今はただのアルベルトと名乗っている」

「命を助けていただきありがとうございました。私も今はただのメルフィナと名乗っています」

彼等は威張るでもなく、淡々とお礼を述べ自己紹介をした。

案外楽な人達、そういう印象を持たせようとしている気がした。

それにしても第一皇子だったとは……。

「ご丁寧に……。私もただのルシエルと名乗りたいと願っている治癒士です。身体の具合はいかがですか？」

「身体はまだ少し重いが、動く分には支障はない」

「私もです。先程魔法を発動することが出来るか試したのですが、問題ありませんでした」

魔法を使えない状態だったのだろうか？　やはり研究が進んでいる気がする。

「それは良かった。さてお二方も気になっているので、ご紹介させていただきます。私の従者のライオネルです」

ライオネルを紹介すると、二人の顔が強張ったのを感じた。

「ご無沙汰しております、殿下。そしてメルフィナ」

ライオネルはアルベルト元殿下に軽く会釈をしてから座った。どっしりと構えていて、心の乱れは一切感じなかった。

一方、二人からは逆に心の乱れを感じる。

「本当に本物の先生なのですか？　私の記憶にある先生よりも少し若返った……それこそ昔の先生のような気がします……」

「ライオネル様は、もう少し鬼のような顔をされていた記憶がありますが……」

実際に若返っているのはもちろん、髭も生えてないから、より印象が違って見えるのだろう。

それに、鬼のような顔をするのは戦場だけで、子供が生まれると分かってからは毎日笑顔の練習をしている。ライオネルの表情が柔らかくなったのは努力の成果なのだ。

「殿下は十二歳まで悪さをする度に私に尻を叩かれておりました。さらに成人されてからは、何度もメルフ――」

「先生、先生であることを確信しました」

「そうですか」

ライオネルはアルベルト元殿下の黒歴史を語り始めて、直ぐにライオネル本人だと認めさせた。

「ライオネル様なんですね。それならあの聖都の地下にいたライオネル様と呼ばれていた仮面の者は、一体何者だったのでしょうか？」

そのやり取りを聞いていた聖女メルフィナは、ライオネルよりも早く口を開いていた。

女性はこういう危機回避能力が高いよな。精神年齢の高さも関係しているんだろうか？　そんなことを考えながら、元皇子率いるレジスタンスと手を組むか、それとも単独で帝都へ向かうかの話し合いが始まった。

11　同盟

帝都へと向かうことは既に決定事項だ。

ただアルベルト元殿下の率いるレジスタンスと共同戦線を張ることにメリットがあまり感じられないというのが俺の本音だ。

しかし物事はそう単純ではないことが厄介なところでもある。

皇帝が魔族化研究を指示していたとしたら、止めないといけなくなる。

それは皇帝と敵対することを意味する。そうなれば譲位を迫り、こちらが新しい皇帝を擁立する必要が出てくる。それが出来なければ帝国が瓦解していくことになるからだ。そうなると困るのは帝国民ということになる。

帝国は戦争を繰り返して大国になった。たぶん一度瓦解すれば今度は内戦へと発展していくだろう。

それだけはどうしても避けたい。

だからこそ廃嫡しているとはいえ、アルベルト元殿下をあまり邪険にすることは出来ないのだ。

この話し合いをライオネルに委ねることにしたのも、ライオネルならその判断が出来ると考えたからだ。

ライオネルならアルベルト元殿下の人となりを知っているだろうし、正しい判断を下せると信じることが出来る。

話し合いに同席したのは、その前にアルベルト元殿下のことを少し知っておきたかったからだ。

「アルベルト殿下……いや、アルベルトさんが私達と組みたい理由を教えていただきたい」

「組みたい理由……それは皇帝の暴走を止めたいからだ。現在は停戦しているとはいえ、このまま戦争を長引かせ勝利したとしても、得るものより失うものの方が多い」

その言葉を聞いた俺は、さらに質問を続けることにした。

「暴走を止めたいというのは分かりました。奴隷を解放し、無実の人達を救出したのも立派だと思います。それで、アルベルトさん達の最終目標はアルベルトさんが皇帝となることでしょうか？」

「そのようなことまでは考えていない。私は――」

「アルベルト様」

アルベルト元殿下の言葉を遮ったのは、予言の聖女のメルフィナさんだった。

「アルベルト様は内乱が起きることを危惧されているのです。そうなれば傷つくのは民です。そのためにアルベルト様は行動を起こされたのです」

俺がメルフィナさんの話を聞き、ライオネルへと視線を向けると、ライオネルはただ静かに頷いた。

なるほど。アルベルト元殿下はきっと優しい人なのだろう。だけど為政者としては……。実際はメルフィナさんがレジスタンスを指揮しているようだ。

話し合いはライオネルに任せるはずだったけど、質問を重ねたせいで警戒された気がする。

そのため、俺達と組むなら最低限の条件があることを先に伝えることにした。

「私達の目的は帝都にある施設の破壊です」

「ルシエル様」

ライオネルには悪いけど、レジスタンスと組むメリットがなければ組みたくないというのが本音だ。

その判断は早い方がいいだろう。

すると、先程まで友好的だった空気感が一気に緊張したものへと変わった、のを感じた。

「先生、なぜ帝国への攻撃を容認するのですか！　先生にとっても帝国が祖国であることは変わらないはずです」

アルベルト元殿下は少し感情的になりながら、ライオネルへと身を乗り出した。

アルベルト元殿下とは対照的にライオネルは感情的にはならず、俺を見つめて溜息をついて告げる。

「お任せします」

そのライオネルの態度が気に障ったのか、アルベルト元殿下は俺を睨んできた。

その時点で俺はアルベルト元殿下の評価を一段下げるとともに、同席せず交渉をライオネルに任せるべきだったと反省した。

「アルベルトさん、些か感情的になりすぎているのでは？」

そう告げると、睨んだままアルベルト元殿下は俺に問い直す。

「くっ、何故帝国の施設を攻撃するんだ？」

窘《たしな》められたからか、少し顔を赤くしながら、帝国への攻撃について言及してきた。

「皇帝及びライオネルの偽者である戦鬼将軍が圧政を敷いていることは酷いとは思いますが、皇帝が為政者として判断したことだと理解出来ます。しかし人を魔族化させる研究をしている施設があることは人として見過ごせるものではありません。お二人も魔族化していましたから、それが事実であることは分かっていただけると思いますが――」

「魔族化……この私が……」

アルベルト元殿下は身体を震わせた。

もしかして知らなかったのか？　それに比べてメルフィナさんは驚くほど落ち着いていた。

「人類にとっての脅威。そうでなければ帝国の施設を破壊するなんて手段は選択しませんよ」

さて、こちらの目的を伝えたけど、アルベルト元殿下がこの様子だと回答を求めても無駄かもしれないな。

俺は視線をバザック氏へと向けた。

「こちらとしては譲歩してかなり情報を提供させていただきました。あとは共同戦線……同盟を組むに値するかですが……」

「目的が帝都にある施設の破壊だけなのであれば、十分な力となれることは保証しましょう」

「どれだけの人員がいて、どれだけの手助けを望めるのでしょうか？」

「帝都の城までは誰にも悟られず侵入させることが出来ます。人数に関しては黙秘させていただきたい」

「そうですか……。ところで今もまだ私達が組むべきだと思われますか？」

バザック氏は、帝国に対する組織の戦力として俺達が欲しいのだろう。だけどアルベルト元殿下とメルフィナさんは少し考えが違うようだ。

「組むべきでしょう。そちらのメリットとしては我らが帝都で騒ぎを起こすことで、その隙に施設を破壊する時間を稼げます。我々もそちらが施設を破壊するのであれば皇帝と対峙することが出来る」

確かにバザック氏が言うようにメリットはある。だけど少し考えれば、自分達の目的を達成するため、魔族化した者達を引き付ける囮《おとり》役を俺達へ押し付けようとしていることが分かった。

「なるほど……。メリットはそれだけですか。それならば組むには値しません。ライオネル、いい?」

「構いません。私も失望していたところです」

「なっ、先生」

ライオネルを味方だと思っていたのだろう。今までは演技でもしていたかのようにアルベルト元殿下は立ち上がって驚きの声を上げた。

「殿下、あれほど相手を見極めるように教えたはずです。私が心からお仕えしている方がその程度だとでも思われましたか?」

ライオネルが一瞬殺気を漲《みなぎ》らせると、アルベルト元殿下は椅子に倒れ込んだ。

「私達は準備が整えば、明日にでも帝都へ入ることが出来るのです」

「あ、明日だと……」

バザック氏には焦りの色が浮かぶ。交渉が頓挫する可能性が高くなったことを理解したのだろう。

まぁ飛行艇を興味深そうに見ていたけど、性能までは分からないはずだ。

「メリットと言うのであれば、そちらの知りたがっている偽者のライオネル将軍の居場所、地下にある魔族化研究の施設の場所をお教えすることが出来ます」

やはりメルフィナさんはアルベルト元殿下を脱獄させただけあって、かなり帝都の情報を握っていたか。

「なるほど。研究施設は地下……。そうなると城の中が怪しそうですね」

そう告げると、アルベルト元殿下とメルフィナさんは焦ったように顔を見合わせた。

それにしても予言の聖女か。どちらかといえば策士という印象だけど、あとでライオネルに聞いてみるか。

「賢者ルシエル様、我々をいじめるのはそのくらいにしていただけませんか？　殿下、賢者ルシエル様は殿下よりもお若い方ですが、殿下よりも多くの修羅場を乗り越えてきたのでしょう。このままでは交渉が決裂してしまいます」

そこで割って入ったのはバザック氏だった。ちなみにお若いというのは失礼にあたるけど……。

たぶんこのバザック氏が一番俺達と同盟を結びたいと願っているのだろう。今度はどんな話が飛び出すか警戒しておく。

「いじめるとはまた異なことをおっしゃる。交渉とは、お互い見合った対価が必要なのでは？」

「それでは仮に皇帝が魔族化研究を進めていて、やむを得ず討つことになったとしましょう。その時に帝国の統治を一体誰に任せるつもりですか？」

予想通り、絶対にこちらの穴を突いてくる。だけどここで言葉に詰まるわけにはいかない。

「私達の目的は先程も告げた通り、魔族と魔族化研究施設の破壊。またライオネルの偽者を叩き悪事を晒すことです。もし仮に皇帝を倒さなければならなくなったら倒し、その事実を公表します。そのあとのことは帝国の方々が決めるといいでしょう」

「賢者ルシエル様が帝国を統治することはお考えにならないのですか？」

今度は窺うように問うてきたが、バザック氏は俺が帝国の統治に興味があるのかをアルベルト元殿下に聞かせたいがためにこの質問をしてきたのだろう。

「なぜ私がそんな面倒なことを？　もしライオネルが帝国を統治したいと言うなら全力でサポートはしますが――」

「無論そんなことに一切興味ありません」

ライオネルの顔には絶対に嫌だと書いてあった。

「そういうことです。帝国の政争は勝手にしていただいて構いませんよ」

バザック氏は何度も相槌を打つように頷く。

「それで聖シュルール共和国に帝国が報復しないと思っているのですか？」

そしてこちらの戦力を測ろうとする言葉が投げかけられた。

「もし報復をお考えになるのであれば、帝国が人々を魔族化させていたと世界中に広めるだけです。さらに私ではなく聖シュルール共和国へ戦争を仕掛けるとしたら、ルーブルク王国やドワーフ王国、イエニスの三カ国も同時に敵に回すとお考えください」

俺は迷いながらも、帝国と戦うことを想定した場合の状況を伝えた。

バザック氏は俺の言葉を聞き終わると同時にニッコリと微笑み、アルベルト元殿下の方に身体を向けて、彼の説得を始める。

「殿下、帝国の未来を想うのなら、賢者ルシエル様に頭を下げてください。それだけがアルベルト様の生き残る道です」

アルベルト元殿下はバザック氏の話を聞くと、直ぐにこちらを向いて頭を下げた。

「賢者ルシエル、どうか帝国を強くて気高い、国民を守るための国へと戻すために協力を願いたい」

アルベルト元殿下はバザック氏の言葉を聞き入れ、直ぐに頭を下げてきた。

帝国のためならプライドを捨て、何度でも頭を下げる覚悟はあるようだ。

「賢者ルシエル様、ライオネル将軍、どうか救いの手を」

メルフィナさんも同じように協力を呼びかけた。

これが聖女、か。人を惹きつける妙な説得力がある。

アルベルト元殿下は人心を掌握出来そうなこの聖女と、ライオネルとも対峙出来る魔導士兼参謀のバザック氏がいたから、レジスタンスを結成したのだろう。

でも帝国から逃亡せざるを得なかった状況が腑に落ちない。逆に不安要素が増えてしまった。

だからこちらからも条件を提示するために、まずはバザック氏の思惑を探ることにした。

「一つバザックさんにお聞きしたいのですが、なぜアルベルトさんに頭を下げさせてまで、こちらに協力を求めるのです？」

「賢者ルシエル様は既に帝国とやり合うための準備と、目的への線引きがしっかりされているように感じました。それに我々だけでは何度戦略を練っても全滅する未来しかなかったのです」

合理的に判断したと言われれば納得しそうになるが、元皇子に頭を下げさせるのは普通ではないから別の目的があるように思えた。

「それではこの場でも私を試していたということですか？」

この町へ来た時、ライオネルがバザック氏を見て驚いたということは、彼がアルベルト元殿下の側近というか奴隷だとは知らなかったのだろう。

だけどバザック氏はアルベルト元殿下の奴隷というより、バザック氏がアルベルト元殿下を掌で転がしているようにしか感じない。

「正直に申し上げれば、帝国の守護者であった戦鬼将軍が、なぜ治癒士の貴方に従うのか気になっていました」

「知りたかったことは知ることが出来ましたか？」

「いえ、これから共にすることで理解したいですね」

何処か飄々とした感じだ。今は会話を楽しんでいるようにしか見えない。

「気になっていたのですが、何故貴方はアルベルトさんの参謀のようなことを？　帝国に敗れたならば帝国が瓦解していくのは喜ばしいことになるのではないですか？」

「やっとその質問をしていただけましたか。実はこのお二人は私の命の恩人なのです」

「恩人？」

「ええ。そこにいるライオネルに斬られたあと、命が尽きたと思いましたが、奇跡的に意識が戻ったのです。しかし怪我の状態が回復した頃には既に我が故郷は戦火によって滅び、私は帰る場所を失ってしまいました」

よくありそうな敗軍の将の末路だった。

「殿下とメルフィナ様と会ったのはその戦いから五年後のことです。私が世話になっていた村が魔物に襲われ、何とか魔法で応戦していたものの、魔力が枯渇してしまい、絶体絶命の危機に陥りました」

「そこを救われたということですか？」

「はい。まだ若いお二人が指揮を執る帝国軍が魔物を駆逐して村を救ってくれたのです。それから私は帝国軍ではなく、このお二人の命の恩人に借りを返しているだけです」

「帝国へ戻ったあかつきには、宰相として取り立てたいと思っている」

アルベルト元殿下はそう宣言したが、バザック氏は笑うだけで、それについて何も話さなかった。

それにしても失言をしたことをアルベルト元殿下は分かっているのだろうか？　先程は皇帝になるつもりがないと言っていたのに、今度は皇帝となりたい気持ちを隠せていないことを……。

そんな二人のやり取りを見てから、心から信頼することは出来ないと判断した。

だからどこまで協力するべきか、その判断をライオネルに任せることにした。

「どう思う？」

「ルシエル様を謀ろうとしたバザックについては思うところがあります。ですが、アルベルト殿下が即位すれば、まだ帝国の矜持を取り戻すことは出来ると信じたいところです」

まぁこれで帝国が腐敗していくようなら公国ブランジュの思惑通りになってしまうだろうし、そうなれば苦しむ人達が大勢出てきてしまう。

それだけはこちらも避けたいからね。

俺はライオネルの言葉に頷き、彼等の協力要請を受けることにした。

「……それでは、こちらの持っている情報と、そちらの持っている情報を摺り合わせ、対帝国の作戦会議を始めましょうか」

「ありがとうございます」

深々と頭を下げるバザック氏にまだ少しの違和感を覚えながら、作戦会議を始めることになるのだった。

12 作戦会議……とは？

今回の同盟目的は帝国でテロを起こす……ことではなく、あくまでも安全に帝都へ侵入することだ。

そのためレジスタンスとは行動を共にせず、俺達は空から帝都へ侵入するプランを伝えた。

彼等がどう動こうとも、俺達の動きに支障が出ないようにするためだ。

裏切られることばかり想定するのも嫌だったので、バザック氏達が動くことで少しでも楽に目的を達成出来ればいいと割り切った。

彼等は彼等で幾つもの侵入経路があるらしく、互いに過度な干渉はせずに帝都で目的を果たすために動くことにしたのだ。

計画では帝都へ潜入した後、彼等のアジトで合流し、レジスタンスの手引きで城へ侵入することになるらしい。

そんなに簡単に？　そう思ったのだが、どうやらアジトの地下が城内に通じているとのことだった。

ライオネルとケティには話に矛盾がないか、あとで精査してもらうことになるだろう。

そしてもう一つ大事なことは、成功しても失敗しても帝都から無事に脱出出来る逃走経路だ。

帝都内部の地図はアジトにあるらしく、合流した際に渡してくれるらしい。

さて、作戦の説明は全てバザック氏がしてくれたが、指揮官としての能力がアルベルト元殿下にあるのか、それとも神輿《みこし》として担がれているのだけなのか確認しておきたかった。

「今回の作戦が上手くいく、いかないに拘わらず、帝都の住民達は混乱するでしょう。その場合アルベルトさんは帝都民をどうされるおつもりですか？」

「どう、とは？　もし帝都民が戦渦に巻き込まれても良いのか？　ということを聞いているのであれば答えは否である」

「なるほど。それはご自身が危険に晒されても……でしょうか？」

「元より危険は承知の上。私がやらねば、いずれ帝国は崩壊する未来しかないのだから」

アルベルト元殿下が帝国と帝都の民を大事にしているのは間違いないだろう。

まぁ反帝国を旗印に組織を作っているのならそれぐらい気骨がなければ困るけど、反帝国の組織にいる自覚はあまりなさそうなんだよな……。

だけど今の発言で、アルベルト元殿下が己の選択を曲げない気質であることが窺えた。

「そうですか……。ところでアルベルトさんに賛同する集まり……今は帝国の反対勢力という意味でレジスタンスと呼ばせていただきますが、帝都の作戦に関わるレジスタンスの戦力を把握しておきたいのですが？」

「一概に戦力と聞かれても、このエビーザの町にいる大半が私達の協力者だし、帝都にも情報を流してくれる協力者はいる。ただ手練れは数えられるほどしかいない」

他国の町の大半を協力者としたのか……素直に求心力が高いと思う。だけど協力者と戦力は全く別のものだ。

「帝国兵と戦うことが出来る兵《つわもの》は一体どれくらいいるのですか？」

「全て合わせると五十名ほどだろう。帝国兵でも私の近衛だった者達だから精鋭揃いだぞ」

不安になったため質問を重ねたのだが、無邪気に笑って答えたアルベルト元殿下の神経を疑いたくなった。

そもそも近衛だった者に魔族化した裏切り者が出たのはついこの前のことだ。もしかすると気を失っていたから知らないのかもしれないが……。

ライオネルからも帝国兵が精鋭であることは聞いていたけど、どれぐらいの力量なのだろう。

ケティほどとは言わないけど、ナーリアぐらい足手纏いにならずサポートしてくれる人材だと嬉しいんだけどな……。

「近衛の精鋭というからには、武勇に優れた将がおられるのですね。それこそライオネルぐらいの戦力が」

「あ、いや、精鋭でも先生とは比べ物にはならないが……」

少し不貞腐れた様子でアルベルト元殿下は俺から視線を逸らしてライオネルを見た。

その顔にライオネルを自分の従者にしたいという思いが込められていたが、ライオネルは表情を一切変えず何も答えなかった。

この時点で、俺は彼等がどうやって行動を起こそうとしていたのかが気になった。

「失礼を承知で伺いますが、レジスタンスだけの戦力で帝都、そして城へ侵入し、皇帝を説得出来ると思われますか？」

「む、無論だ。帝都には協力者が大勢いる。だから帝都、そして城へ侵入することも難しくはない。現在は停戦しているとはいえ、ルーブルク王国との戦争で住民達だけでなく兵達も疲弊している今が機会《チャンス》なのだ」

別に正面から戦うことだけが戦ではないし、策を練って少人数で奇襲をかけることが間違いだとも思わない。

目的が皇帝と会うことだけであれば、とてもいい作戦だ。

しかし問題は別にあるんだけど、気がついているだろうか？

「実際に帝都へ侵入したことはあるのでしょうか？」

「仲間達のおかげで私も一度だけだがある。他の者達を合わせると二桁は侵入しているだろう。ただ抜け道は侵入する度に塞がれてしまっているが……」

侵入経路が封じられていたのはスパイがいたからだろう。

俺はそこで視線をバザック氏に向けるが、彼は俺と視線が合うと首を横に振った。

それが何を意味しているのか分からなかったが、アルベルト元殿下達の戦力では、皇帝の寿命が尽きるまで願いが成就することはないだろう。

それが分かっているから、バザック氏とメルフィナさんは俺達と手を組み戦力を得たかったんだろうな。

帝都民を巻き込まず、互いに目的を果たすことが出来るのか……やはり裏切られる可能性も想定しておく必要がありそうだ。

「それで帝都へ侵入するまでの期間ですが、どれほどの日数が必要ですか？」

「バザック」

「急ぎで一週間から十日は欲しいですな」

十日もあれば飛行艇の情報が伝わってしまう可能性がある。既に広まっている可能性もあるけど、十日もあればしっかりとした内容が帝国へと届いてしまうだろう。

俺がライオネルを見ると彼は首を横に振った。

「話になりません。最低でも五日後には帝都へ侵入出来なければ協力するべきではないでしょう」

「なっ！　戦鬼、そこまで急げと言うのか」

「無論だ。それすら出来ないのであれば同盟を組むに値しない」

「そんな」

アルベルト元殿下は見捨てられたかのようにライオネルを見た。

「五日後に帝都……メルフィナ様」

バザック氏は既に譲歩されていると分かっており、最終決定権者であるメルフィナさんへ声をかけた。

「ライオネル様、五日後までに帝都へ着いていればいいのですね？」

「ルシエル様」

ライオネルは答えず、俺に指示を仰いだ。

「構いません。私達は元々単独で帝都へ赴くつもりでした。同盟を結ぶのは負担の軽減のためですから」

「それでは五日後までに帝都付近で合流ということですね」

メルフィナさんは動じることなく頷いたけど、バザック氏は顔を顰《しか》めていた。

「無事現地で合流出来るといいのですが……」

「待ち合わせ場所や細かいところは後でライオネルと一緒に詰めてもらいます。要望があればライオネルへお願いします」

「承知しました」

バザック氏と違い、メルフィナさんは聖女だからなのか一切表情を変えないから苦手だな。

あ、そういえばスパイに関しては聞いていなかったな。

「これは個人的に気になったのでお聞きしたいのですが、アルベルトさんを脱獄させた時、バザックさんも同行されていたのですか？」

「ええ。城へは同行せず、城下で騒ぎを起こす役割でした」

笑顔ではなく、少し悔しそうにバザック氏は教えてくれた。

それを聞いたアルベルト元殿下は気まずそうに顔を逸らす。

ライオネルからは、憤るような溜息が聞こえた。

「アルベルトさんとメルフィナさんは身体から瘴気《しょうき》が出ていましたが、魔石を身体に埋められるなどされていませんでしたか？」

「偽者の先生と戦おうとした際、赤い魔法陣が出現したと思ったら、紫色の煙が部屋を覆い尽くしたのだ。偽者の先生は笑いながら消えていくし、身体がどんどん重くなり、意識が遠のいていった。何とか意識を失う前に退却したのだが、どう逃げたのかも分からないぐらい必死だった」

煙――毒ガスならぬ、瘴気ガスかな。魔石を体内に埋め込むだけじゃなく、違う方法も開発しているのかも……。

やっぱり時間が経てば経つほど、どんどん厄介になっていくじゃないか。

帝国は帝国で独自に魔族のことを研究しているのだし、その対策も練るべきだろうか？　まぁ何にせよ、分かったことはアルベルト元殿下が偽者のライオネルに遊ばれたことと、偽者のライオネルは瘴気を操るってことだな。

あまり使ってないけど、オーラコートを発動しておけば魔族化することもないだろうから、城へ乗り込む時には対策として発動することにしよう。

「裏切り者や監視者がいたのでは、アルベルトさん達がいくら策を講じたところで、相手の掌で転がされてしまうのも無理はないですね。今度こそ成功させましょう」

「…………」

てしまった。普通に毒も一緒に吐いてしまった。

俺の言葉が予想外だったのか、アルベルト元殿下は悔しそうに肩を震わせ、メルフィナさんは唖然としとした表情を、そしてバザック氏は何故か笑いを必死に堪えているよう表情をしていた。

だが情報収集の詰めの甘さや、バザック氏の頭脳を使わなかったことを、今きちんと反省してもらわないと、共同戦線を張ることがデメリットだらけになってしまう。

……しかし本当にどうするか。彼等と共同戦線を張るメリットが正直なところ何もないのだ。

いや、もちろん少しはあるけど、彼等を捨て駒として使うことと、全てが終わったあとに帝国をしっかりと舵取りしてもらうこと以外ないのだ。

ライオネルが必要以上に介入しないのは、きっと色々な葛藤があるからだろう。

ライオネルはもう将軍にはなりたくないと言っていたし……。

「念のためこちらの目的をしっかりとお伝えしておきます。魔族化の研究をしている施設の破壊と、違法奴隷の解放です。作戦はバザックさんが攻撃魔法を放った飛行艇で帝都に向かい、研究施設を破壊するのに邪魔する者達を全てなぎ払うつもりです」

ライオネルを除く三人は、あまりのシンプルな説明に呆然として固まってしまった。

そんな中で我に返ったのは、意外にもアルベルト元殿下だった。

「我が国には翼竜部隊《ワイバーン》がいるのだぞ！　飛行するものを発見したら撃ち落としに来るぞ」

「翼竜は竜の中でも空を飛ぶことに特化していて、ブレスもそこまで強力ではないと聞きました。それに飛行艇で行くのはわざと目立つためです。仮に飛行艇で帝都へ降り立ったのがライオネルだったら派手な凱旋になるでしょう」

「た、確かに先生を見れば攻撃されることはないだろう。しかし、偽者が先生のことを偽者だと言ってきたらどうするのだ？」

「戦鬼将軍は武人です。一騎打ちを迫ります。それを断ればこちらの思惑通り、受けてもライオネルに勝ってもらえばいいことです。元々偽ライオネルの正体を明かして倒すことも目的の一つですから」

　パチパチパチッと手を叩く音が聞こえたので見ると、バザック氏だった。

「なんと大胆な。奇をてらっているということもなく、己の力を信じて正面突破とは……。本当にそれが成れば、無駄な犠牲者は一人も出ないではないか。これが賢者の知略なのか」

　完全にバザック氏に勘違いされてしまったが、あえて訂正せず、彼等に問うことにした。

「私達の作戦は今言ったように正面突破です。アルベルトさん率いるレジスタンスの皆さんは、何が出来ますか？」

「それなら私達もその飛行艇とやらに乗せてもらい、帝国の第一皇子として共に凱旋すればいいのではないか」

　浅はかすぎる。同じ苦労人のニオイがしたと思ったが、全然違った。それでも魔族化を進める皇帝よりは幾分かマシだけど――。

「お断りします」

「何故だ」

「まず帝国でのアルベルトさんの扱いは、既に廃嫡……もしかすると指名手配されているのではないでしょうか？」

「廃嫡は既にされています。しかし指名手配まではされていないはずです」

　メルフィナさんがそう教えてくれたが、俺の意思は変わらない。

「そうですか。飛行艇は帝国やアルベルトさんの所有物ではありません。さらに状況によっては国を平定した時に飛行艇が帝国のシンボルになる可能性もあります。そのため許容することは出来ません」

「それならばこの共同戦線を張ることに何の……」

アルベルト元殿下の失言は口にしたら同盟を破棄するレベルだった。

バザック氏とメルフィナさんが驚いた顔でアルベルト元殿下を見つめ、アルベルト元殿下も自分の失言に固まっていた。

俺の頭にあることが浮かび、アルベルト元殿下の失言を楯にあることを交渉することにした。

「そうです。私達がアルベルトさんの率いるレジスタンスと共同戦線を張るメリットはそもそもないのです。そちらにとってはメリットだけしかありませんでしたけど……」

「……何が言いたいのだ」

「これを聞き遂げるかどうかは殿下次第です。殿下の意思で決めてください」

こうして俺は元殿下に二つの要求をし、アルベルト元殿下がそれを認める形で同盟がまとまった。

ちなみにバザック氏が日程を調整して、帝都で合流するのは一週間後ということに決まり、長い会議が終了した。

13　休暇の過ごし方

作戦会議の翌日、アルベルト元殿下がレジスタンスを率いて帝都へ向け出発していった。

バザック氏がアルベルト元殿下のことをどれだけ制御出来るか。それが結果に反映されるだろう。

それよりもレジスタンスがエビーザの町を出発したら目に見えて人口が減ったことを実感し、レジスタンスの数は脅威であると認識した。

昨夜、魔通玉《まつうだま》で教皇様に何も告げずに出発したことを謝罪したのだが、俺達がいなくなったことで逆に騎士団がまとまったと言われてしまった。

そのことを聞いて苦笑しつつ、エビーザの現状などを伝えたが、ドンガハハの件が落ち着くまでは対応することが難しいと言われた。

無論こちらとしても直ぐに対応されるとは思っておらず、状況報告だと告げた。また帝国に対する行動を一任してもらえたので、迷惑をかけない範囲で目的を達成出来るよう努めると告げた。

驚いたのは俺とライオネルが会議をしていた時、エスティア達が町での聞き込みと尋問で得た情報だった。

ウィズダム卿から偽ライオネルである可能性を指摘され、ライオネルの復讐相手でもあったクラウドのことだった。

それは、偽ライオネルと思しき者が実は公国ブランジュから流れてきた奴隷だったのではないか？という情報だった。

ウィズダム卿から聞いた話だとグランドルで冒険者をしていたらしいが、変身魔法が得意だという点は同じだ。

それが事実であれば、ライオネルを嵌めた黒幕も公国ブランジュになるのかもしれない。

ただ師匠とライオネルは、クラウドが帝国の戦鬼将軍として活動していることから既に公国ブランジュの奴隷ではなくなっている可能性があるとの見解だった。

その理由はイルマシア帝国で大きな混乱が生じていないかららしい。通常は奴隷紋で主《あるじ》を害さないことだけが設定されるのだが、潜入者として扱う奴隷の場合、距離や更新の有無、命令違反の罰も設定されるらしく、裏切れば即奴隷紋が爆発して死ぬ設定となっているのだとか。

クラウドは潜入者なので更新期間が短く更新が滞れば死ぬ。更新は奴隷商人にしか出来ないが、奴隷主がいない奴隷は帝国では逃亡奴隷として投獄される。さらに奴隷紋は各国で違うらしく、帝国以外の更新時期の短い奴隷がいれば帝国の奴隷商人からマークされるらしい。

ちなみに奴隷商人達は皆が皇帝の奴隷であるため裏切ることが出来ないのだそうだ。

そして話は戻るが、既にライオネルに化けて数年が経過しているのにも拘わらず大きな混乱がないということから、既に奴隷ではなくなっている可能性が高い、という見解らしい。

俺はなるほど～と感心しながらも、クラウドが奴隷紋を消したとすれば、どんな方法だったのかが気になっていた。

もちろんディスペルのような高位聖属性魔法なら解呪することは出来るだろう。ただ帝国の場合は、奴隷制度が今もあるのでその治療費は莫大となるはず。

クラウドがそれを工面したとはどうしても思えなかった。一体どうやってクラウドは公国ブランジュに繋がれた奴隷紋という鎖を自ら切ることが出来たのだろうか？　その時、ふと思いついた。

「奴隷が魔族化したら、奴隷紋って消えるのだろうか？」

「ありえる話です。人族の魔力から魔族の魔力に変わったのなら、奴隷紋が変質したとしてもおかしくないでしょう」

俺の独り言に、半歩前にいたライオネルが答えた。

そもそも魔族化自体が研究段階なのだから、奴隷紋が魔力の変質によりなくなるなんて話、誰も知っているはずがないか……。

それにしても魔力が変質したら、冒険者カード等も同じものは使用出来なくなったりするのだろうか？　そんな素朴な疑問を抱きながら、公国ブランジュにとってのクラウドの価値をライオネルに聞いてみることにした。

「クラウドの変身魔法は諜報活動ではかなり有用だと思う。しかし公国ブランジュにとってはあまり価値がなかったのかな？」

「魔族化に関しての研究はそこまで進んでいなかったのでしょう。もしくは魔族化した者が意思を保つことが出来るとは考えていなかった……。あとは調べる時間がなかったと考えるのが妥当かと」

「まぁ実際のところ魔族化しているかどうかは分からない。ただバザック氏達が隠していた魔族化した兵《つわもの》達が五十人以上、予想では百人以上存在することが事前に分かってよかったよ」

「ルシエル様がいれば魔族を炙り出すことが容易ですからな」

どうやらライオネルの機嫌は元に戻っているようだな。昨日の会議のあとで皇帝も魔族化研究を容認していることが分かった時のライオネルの表情は、戦いを前にした鬼神の如くとても怖かったからな。

「ルシエル様、どうか望んで魔族となった者は土に還し、望まぬのに魔族化された者には治療をお願いします。治せずとも救われる者もいるでしょうから」

ライオネルの言葉には優しさを感じる。それだけライオネルから見れば俺はまだ頼りないのかもな。

「救える命を救うよ」

ライオネルは満足そうに頷いた。

あ、そういえばバザック氏達がいた時には聞けなかったことがあったんだ。

「それにしても昨日は情報の多さだけじゃなく質にも驚いたよ。尋問にも案外直ぐに口を割ったらしいけど、どんな方法で聞き出したんだ？」

俺の前方にいるケティとケフィン、エスティアへ声をかけた。

「ガルバ様に教わった通り、物体Xを三杯ほど飲ませただけです。直ぐに口を開いたのには我等も驚きました。そのおかげでこちらも何とか嗅覚を失わずに済みました」

「原液で飲めるルシエル様が異常なだけニャ」

「何よりもルシエル様がアルベルト殿下を治療したおかげで、協力的になってくれたことが大きかったと思います」

前方で食事をするケフィンが手を止めてこちらを見てから答えると、次いでケティが俺を弄《いじ》り、エスティアが俺を持ち上げた。

何気にこの三人は仲が良いよな。今後も聞き込みや尋問をする場合はこの三人に任せようと決めた。

「煽《おだ》てられているのか、貶《けな》されているのか、判断に困るところだな……。それよりも作戦会議のせいで帝国へ乗り込むのが一週間延びてしまった。これがどう影響するか……」

「ええ。昂ぶった気持ちを切らさずにいるのは、簡単なことではありません」

ライオネルは深く頷いた。

「心配しすぎだ。最初から帝国軍と戦うことを想定しておけばいいだろ。はっ、それにしてもたかだか一週間で気持ちが切れるなんて戦鬼じゃなくて短気だな」

ああ。師匠は相変わらずだけど、無駄なことを考えても仕方がないと思わせてくれるな。

「それならルシエル様の警護は旋風、お前に任せるぞ」

「ぬかせ！」

師匠とライオネルは言い合いしながら先行していく。

「突然の休みが出来たんだけど、本来なら、連れてきてしまったリィナとナーニャを聖都へ送り届けるのが筋なんじゃないかと思うんだけど？」

「あの二人は何だかんだ言いながら、ドラン殿と離れたくないみたいでした」

「そうニャ。職人は集中したらそれだけしか見えなくなるニャ」

「ドランさんも飛行艇を改造する人手が出来たと喜んでいました」

確かに。昨夜、時間が出来たので二人に聖都へ送っていけると告げたけど、エビーザに残って勉強するって言っていたからな。

ドランだけじゃなく、ポーラとリシアンも楽しそうにしていたし……。

「記憶が確かなら、これからの一週間は休息日にしようと昨夜の話し合いで決めたよね？」

「そうニャ。だからこうして皆で散歩して気分転換をしているニャ」

ケティの言葉に俺は首を傾げる。

気分転換の仕方は人それぞれ異なるけど、確かに散歩は外の景色を楽しめると思う。

だけどそれはエビーザの町中や、町の周辺の話だと思うのはおかしいのだろうか？

「ルシエル様、罠の解除が出来ました」

作業を終えたケフィンが声をかけてきた。

「あ、もう直ぐ階段が見えてくるみたいです」

「それでは私も先行させてもらいます」

そして地図を持ったエスティアがそう告げると、ケフィンは先にありそうな罠を解除しに向かった。

そう。俺達は現在エビーザの町から帝国へと繋がっている迷宮の中にいた。

朝からライオネルの姿がなく、ケティとケフィンと一緒に色々な食材を買い込んで帰ってきた。その時から少しおかしいと感じていたのだ。

それでも帝国で万が一のことがあった場合を想定しての買い込みだと、感心していたのだ。

それがあれよあれよという間に迷宮のところまでアルベルト元殿下達を見送ることになり、気がつけば迷宮攻略をしている。

うん。明らかにおかしいとは思うけど、皆が楽しそうにしているので、口を挟めなかったのだ。

これが本当に正しい休日の使い方なのだろうか？　正直とても疑問に思うところではあるけど、異を唱える者は一人もおらず、結局迷宮へと潜ることになったのだ。

「師匠、ライオネル、本当に一週間でこの迷宮を踏破するつもりですか？」

「これこそルシエル様がいつも言われている、死なないための最善の方法です。運良くこの迷宮の地図も手に入りましたし、もしかするとルシエル様も新しい力が得られるかもしれません」

「完全な情報がない状態であれこれ考えるより、少しでも強くなった方が有意義だからな」

確かにライオネルが言うことは分かる。死なないための最善の方法を探ることが、今の俺がすべきことであるのは間違っていないし、師匠の言うことも正しいと思う。

だけど二人の本当の目的は、自分達のレベルを上げることだろう。魔物を見つけたら奪い合うように突っ込んでいく。

ライオネルと打ち合わせしたかのように師匠は朝方に冒険者ギルドを訪れ、捕捉した冒険者を挑発して一対五の変則マッチを仕掛け、戦利品として迷宮の地図を強奪……いや、購入してきた。

明らかに迷宮があると知って心躍らせていたに違いない。

「確かに死なないための最善の方法を取れとはいつも言っているよ。だからレベルを上げるのも決して間違いだとは言わないし、思わないよ。だけど怪我をしたら照れくさそうに来られる俺の身になってほしい」

「通り名が増えてしまいそうだからですか？」

エスティアが恐ろしいことを言ってくるから思わず睨んでしまった。

すると軽く額と腕、大腿に傷を負ったライオネルが戻ってきた。

「これでも足りないぐらいです。歴史に残る勇者や英雄は、いつの世も必ず争いに巻き込まれてきました。ルシエル様も例に漏れず、きっと今後も戦乱に巻き込まれていくでしょう」

「なんて不吉なことを……。しかも何だか確信しているような言い方が怖い」

ライオネルの武人としての勘がそう告げているなら、その可能性がゼロでなさそうだから困る。

「今までも普通では考えられないような体験をさせていただきましたから。きっと今後も色々なことにルシエル様が巻き込まれる、そんな予感がするのです」

そんな不吉で予言めいたことを迷宮内で告げるライオネルは、まるでそれが現実になってほしいと言わんばかりの清々しい顔をしていた。

ライオネルはこれまでサポートに徹することが多く、ただ俺の成長を見守ってくれていた気がする。

それが邪神との戦いに巻き込まれ、俺を守ったことで、今まで積み上げてきたレベルやスキルを失った。

そのことをどう思っているのか、ライオネルの本心を聞きたくなった。

「そんな不吉な予感がするのなら、俺の筆頭従者でいるのは怖くない？　邪神との戦いがあったせいで酷い目にもあったでしょ？　俺的には非常に助かってはいるけど……」

少し意地悪な発言になってしまったが、ライオネルにはイエニスで家族が出来たのだ。

もう奴隷ではないライオネルが、いやライオネルだけじゃなく、皆が何故ここまで俺を助けてくれるのか、その価値が俺にあるのか、端的に言えば自信を失っていたのだ。

しかし俺の言葉を聞いたライオネルは大して気にした様子もなく、こちらを向いて口を開いた。

「帝国の将軍をしていた頃は、帝国のことしか考えていませんでした。それも間違っていたとは思いませんが、いつも虚しさがありました」

「戦争とは違うけど、命の危険がある争いに皆を巻き込んでいるし、帝国のあり方とそう大きくは変わらない気がするんだ」

最近は不可抗力とはいえ、魔族や邪神といったものを相手に命を賭す戦いを強いてしまっている。

しかし俺の思いとは裏腹にライオネルは微笑みながら口を開く。

「人の命を奪うということは、その者の未来を永遠に閉ざすということです。戦争の時はいつも相手が退却することを望みながら、味方が傷つかないようにと戦場を駆け巡りました。とても虚しかったです」

ライオネルの帝国時代の話は聞く機会がなかった。

「その時と比べたら雲泥の差です。ルシエル様の従者になってから何度も心躍る戦いがありましたし、普通では考えられない体験もしてきました。この通り肉体が若返るという素晴らしい体験も……」

ライオネルはそう言って微笑んだ。

その笑顔には後悔や悲壮感はまるでなかった。

「後悔は？」

「ありませんな。竜と戦い、強敵《とも》である旋風と本気で戦い、魔族や邪神とも戦いました。そしてこの身が若返ったことで、私は更なる高みを目指せます。それに再び家族にも恵まれました」

「よく割り切れたな」

「ははっ。そうではありません。私はルシエル様を守ることで、この世界の未来を守っている。そう考えています」

「……世界の未来を俺と直結させて考えるなよ。いくら何でもそれは過度な期待だ」

「正当な評価です。それに私には野望があります」

「野望？　聞いてもいい？」

「従者筆頭として賢者ルシエルを支えた元帝国将軍として、ルシエル様が描かれる伝記に載ることです」

思いがけない変化球が俺を困惑させる。

「はっ？」

「ルシエル様の伝記が出来たら、賢者ルシエルを支えた忠臣として語られることが、私の野望なのです。はっはっは」

ライオネルは高笑いしながら先を歩いていくのだった。

「伝記って……レインスター卿の伝記を見たら凄いと思うけど、俺の伝記がその隣に並ぶとか……ないわ～」

俺はテンションを落としながら、迷宮の十階層へ下りていくのだった。

ちなみにその話を聞きつけた師匠は、当然出番の一番多い師匠として登場することを希望し、ライオネルと舌戦を繰り広げるのだった。

14　時間は平等に流れている

　エビーザと帝国を繋いでいる連絡通路がこの迷宮の十階層にあり、それを使ってレジスタンスは帝国へと侵入していたらしい。

　ちなみに迷宮の入り口で見送りを終えた俺達は彼等が進むルートを、つまりわざと罠のあるルートを通って来たのだ。

　予言の聖女と紹介されていたメルフィナさんだったが、俺達の行動が見えるわけではなかったらしい。

　それにしても師匠とライオネルが圧倒的な強さを発揮し、ケフィンが謀略の迷宮で師匠から習った罠解除を駆使したことで、少人数とは思えない速度で十階層のボス部屋へ到達した。

「この迷宮はあまり強い魔物が出ないんだな」

「今のところはそうですね。ですが、冒険者も三十階層より下を諦めるそうですから、きっとそこからが本番でしょう」

　師匠がつまらなそうにつぶやき、ケフィンが窘《たしな》める。

「それなら時間が勿体ないから先を急ぐぞ」

「師匠、罠を発動させて即死するような真似は勘弁してくださいよ」

「はっ、既にスキルを習得したからそんなヘマはしねぇよ」

さすが師匠だった。しかしそれがライオネルは気に入らなかったようだ。

「ケフィンとケティは罠に集中するように。ここからは私も前に出る」

「「はい（ニャ）」」

いやいや、今までも前に出ていたでしょう。そんなツッコミを挟めないほど、師匠とライオネルの視線が火花を散らしていた。

そんなことを話しながら進んでいると、ケフィンがボス部屋だと思われる扉の前で待っていてくれた。

「ここが主……ボス部屋です。情報によればブラックウルフの群れみたいですね」

「強かったり、何か厄介な習性があったりするのか？」

「いえ、特に問題はありません。では行きましょう」

ケフィンがそう言って扉に触れると、扉が開いていく。

皆で中央まで進んでいくと、二十体ほどのブラックウルフが地面から浮き出るように出現した。

「アオオオーン」

そして少し体格の大きなブラックウルフが雄叫びを上げたと同時に、ブラックウルフが一斉に襲い掛かってきた。

連係したというよりも攻撃手段が飛び掛かってくるしかなかったのか、空中での方向転換をしないのなら脅威ではなく、俺が幻想剣の刃を通り道へ置きに行くだけで、ブラックウルフは魔石へと変化していく。

師匠やライオネルも当然苦戦することなく、瞬く間に十階層のボス部屋を制圧することに成功した。

「思いのほか、苦戦することもなかったな。それで本当に進みますか？」

「これで帰るなら迷宮まで散歩する意味がないだろう」

「休憩が必要なほど探索もしていませんから、問題がなければ進みましょう」

「はい」

皆で魔石を回収してから、俺達は十一階層への階段を下っていく。

「少し薄暗くなったか？」

「そうですね。この迷宮は進むにつれて徐々に暗くなっていくのかもしれませんね」

「そうだな。ケフィン、負担が大きくなるから安全第一で動いてくれ」

「はっ」

師匠とケフィンの方がよほど師弟関係のような気がするな〜。

それにしてもこの迷宮は十層違うだけで、結構印象が変わるんだな。

やがて先程のボス部屋で対峙したブラックウルフが現れ始めたので、忙しくなりそうだな〜と思いながら討伐して進む。

「二十階層までは苦戦らしい苦戦はなかったな。やっぱり正しい地図があるのはいいことだな」

「そうですね。ただその地図も次の階層から抜けが多いので、気を引き締めていきましょう」

「ああ」

師匠がケフィンに合図すると、二十階層のボス部屋の扉が開く。

警戒しながら中に入るものの、敵の姿は何処にも見当たらなかった。

「敵がいないなんてことは――そこだ」

迫ってくる影へ幻想剣を振るうと、狼は影から浮かび上がってきたところで、その姿を魔石へと変えた。

どうやらこの魔物は暗殺タイプの狼であるようだ。俺は振り返って皆に声をかけようとした。

しかしその必要はなかった。皆は既に影から現れた狼を複数倒したと思われ、魔石が皆の前に転がっていたのだった。

目を閉じて気配を探っても、魔物の気配は一つも残っていなかったことに安堵したが、俺は少しだけショックを受けていた。

別にライオネルを始め、五人を侮ったことなどない。

しかし今回のことで、皆との戦闘技術の差を思い知らされたからだ。

「俺はギリギリまで魔物に気がつけなかったんだけど、皆はどうやって気づけたの？」

気がつけば俺は皆にそう尋ねていた。

「気配はしたぞ」

「私は常に気配と魔力を探っていますから、歪みが生じたらそこを攻撃するようにしています」

「魔物にもニオイがあるんです。今回はニオイを基に標的を探しました」

「ケフィンと一緒ニャ。今回は黒い影が動いているのを見つけて剣を振っただけニャ」

「私には魔物が何処に潜伏しているのかが何となく分かるので、それで倒すことが出来ました」

参考になりそうなのは師匠とライオネルぐらいで、ケティやケフィンは種族の特性を活かした感覚で、エスティアは闇の精霊の恩恵によって気づけたようだった。

それを聞いた時、新たに龍の力を得た自分が、とても強くなったと思い込んでいたことに気がつき、恥ずかしさのあまり穴があったら入りたくなった。

自分だけが努力しているわけでも自分だけが成長しているわけでもないのに、いつの間にかレベルが初期化した師匠とライオネルを下に見て、ケフィン達と同等の力量だろうと驕《おご》っていたんだ。

はぁ～帝国へ行く前に自分の愚かさを知れて良かった……。

レベルが下がった師匠と戦って負けてしまった経験を糧として活かすはずだったのに、そのまま慢心が続いていたとは――このままじゃ師匠に顔向け出来ないぞ。

俺は落ち込みながら、皆に少しだけ休憩を求めた。

そして師匠へと視線を向け、昔の修業時代を思い出していた。


あれは確かボタクーリの件で命を狙われ始めた時だった。

師匠に強くなってきたかを聞いたのだ。

「自分が強くなったと思い始めたところから、勝てる勝てないを線引きし、自分で勝手に判断して諦めてしまうことになる。そうなれば自分が下に見た相手にしか勝てなくなり、下に見た者が驕らずに上を目指す者であれば、いずれは足を掬われることになるぞ」

「それじゃあ師匠は、俺と戦っている時も慢心しないんですか？」

「ああ。最大限に緊張感を持って鍛えているぞ。そうしないと、うっかりと……な」

「……いつもありがとうございます。今後もうっかりがないように、緊張感を常に持って鍛えてください」

「おう。もしお前が慢心したと自覚した時にまだ死んでいなかったら、それはとても運が良かったのだと思え」

「慢心するぐらい強くなってみたい気はしますけど、とりあえず生き残るために師匠を超えてから慢心することは考えますよ」

「ふっ、いい度胸だ。じゃあ今日はいつもよりもハードに行こうか」

「じょ、冗談じゃないんですか」

「いつか俺を超えるんだろ？　さぁお前はお前で逝かないように緊張感を持って修業に励め」

「調子に乗った俺の馬鹿――!!」

あの頃は毎日が本当に生きるか死ぬか、ギリギリの生活だったよな。今思い返しても、よく死ななかったと自分を褒めてやりたい。

そして今の自分を将来の俺が褒めてやりたいと思えるように、まずは従者となってくれた皆に感謝して、いつか全盛期の師匠やライオネルと肩を並べられるようになるまで、目の前のことを一つ一つ全力で頑張らないとな。

気がつけば迷宮へと潜って自らを振り返る良い時間を過ごしているように思えた。

「皆ありがとう。それじゃあ迷宮攻略を続けようか？」

「ようやくやる気になってきましたな」

「これからはシャドウウルフも多く出てくるでしょうから、気を引き締めていきましょう」

「いざとなったら、魔道具のライトを使えばいいニャ」

「この迷宮と私は相性がいいみたいなので、ルシエル様をお守りしますね」

「行くぞ」

ライオネルは嬉しそうに二十一階層への扉を開け、ケフィンは警戒し、ケティは攻略のアイディアを口に出し、エスティアは俺を支えるように声をかけてくれた。

師匠は誰よりも早く階段を下りていく。

本当に仲間っていいものだな～。

「安全第一で頑張ろう」

「「「はっ（はい）」」」

俺達は気合を入れ直してから二十一階層へ下り立った。

すると先程の二十階層よりもさらに迷宮内の光量が減り、闇が濃くなっていた。

「魔道具のライトを出した方がいいかな？」

「三十階層までは大丈夫でしょう」

ケフィンが自信を持ってそう言うので、任せることにした。

闇が深くなったことで、ブラックウルフ、シャドウウルフともに見づらかったが、皆が難なく倒していくところを見ながら、俺も出来る限り闇に慣れて戦い始めた。

攻略に集中し始めたからか、魔物に不意を突かれることもなく順調に攻略していく。

「それにしてもこの程度の魔物であれば、迷宮がもう少し探索されていてもおかしくないと思うんだけど、何かあるのかな？」

「三十一階層以降の情報に関してですが、知っている者がほとんどいなかったのです。明かりを灯して進むにしてもそれだけで冒険者には負担になりますし。他にも迷宮で稼ぐならグランドルへ行った方が稼げるなどの理由があり、攻略が進んでいないのかもしれません」

「それじゃあ宝箱が出るかもしれないな」

「魔族も現れるかもしれないニャ」

「ケティ、不吉だから止めなさい。まぁ行ってみるしかないだろう。それとライオネルは好きに動いていいけど、少しでも傷を負ったら言ってほしい。俺達の攻守の要がライオネルであることはこれからも変わらないんだからな」

「……はっ」

暗くてよく顔は見えないが、ライオネルは喜んでいるように思えた。

普段口にしていない気持ちを、たまには伝えてみるのもいいかもしれないな。

「師匠も怪我をしたら直ぐに来てくださいよ」

「ああ」

そんなことを思いながら、迷宮を攻略していく……。

15　意識改革

迷宮を攻略する時はいつも自分に足りないことを自覚させられるから、まるで勉強させてもらっている気がしてくる。

今回は暗闇から出てくるシャドウウルフに俺だけが苦戦を強いられていた。

苦戦と言っても別に倒せないわけではない。ただ虚を衝かれると直ぐに倒せないことがあるのだ。

今までシャドウウルフ以上に強い魔物と戦ってきたはずなのに何故なのだろう？　その思いと共に焦りが生じてしまう。

するとエスティアがこちらを見ながらポツリと呟くのが聞こえた。

「ルシエル様の動き、まるでグランドルへ赴く前に戻ってしまったみたいです」

エスティアの言葉を聞き、グランドルでの修業を活かせていないと言われた気がした。

「安全第一で戦うのは、今も昔も変わっていないと思うけど？」

「あ、すみません」

俺はエスティアの言葉の真意をちゃんと聞くために一歩踏み込むことにした。

「怒っているわけじゃないんだ。ただ客観的にアドバイスがあるなら言ってほしいんだ。命の危険がある迷宮で気がついたことを遠慮して言わない方が俺のためにならないと思うから」

俺の言葉にエスティアは意を決したようにこちらに身体を向けて、先程の呟きの本当の意味を口にした。

「ルシエル様の攻防は、視覚に頼りすぎているように感じます」

「視覚に頼りすぎている？」

「はい。グランドルで修業されている時は、もっと感覚が優れているように感じました」

確かにあの時はもっと何かを感じることが出来ていた気もするけど、そこまで違うものなのだろうか？　俺は直ぐに師匠達にも確認を取ることにした。

「師匠、ライオネル、ケティ、ケフィン。皆もエスティアが言ったことに気がついていましたか？」

「俺はわざと隙を作っていると思ったが？」

「ルシエル様は実戦の勘が失われているように感じておりました」

どうやら本当にあの修業を台無しにしてしまっていたらしい。

追い討ちをかけるようにケティとケフィンも続く。

「ルシエル様はレベルが今よりもかなり低かったのに、視覚と聴覚を潰されても魔族を倒していたニャ。でも見ない間にすっかりと錆び付いていたニャ」

「この迷宮へ来たのも、実は実戦の勘とあの時の感覚を取り戻していただきたかったからです」

身体能力は上がったけど、逆に戦闘センスが下がった。そんな言葉が頭に浮かぶ。

「さすがに旋風のような目潰しや鼓膜破りなどは、時間がないのでするつもりはありませんでしたが、出来ればルシエル様にはご自身で気がついていただきたかったのです」

そんなに駄目になっていたのか？　それは怖くて聞けなかった。

「あの時、磨いて得た自分の武器を、いつの間にか失っていたのか……」

「いいえ、失ったわけではありません。ルシエル様の本当の武器は危機感と意志の強さですから。きっと新たな力に目覚めて強くなったところで、気が緩んでしまっただけです」

ライオネルの言葉は優しかったが、結局のところ師匠が短期間で磨き上げてくれた武器を同じ短期間で台無しにしたということだった。

それでも失っていないと言われたことで、少しだけ安堵した。しかし結局のところ、戦闘センスが下がった状況は変わらない。

確かに慢心していたとは思う。だけどぬるま湯に浸かっているつもりはなかった。とにかく戦闘から遠ざかっていたことで感覚が鈍っているのは事実なのだろう。

自覚症状がないことがいかに不味い状態なのか、俺はしっかりと理解していた。

「注意しなかったのは自分で気がつかせるため……だったと？」

「はい。確かに教えてもらうことで気がつくこともあるでしょう。ですが、悩んで自覚して辿り着いた方が物事は忘れにくいのです。さらに失敗を自覚すれば、向上心を持っていた時の気持ちを思い出すきっかけになるでしょう」

ライオネルの言葉には厳しさと優しさが混在しているな。

師匠とライオネルも初期化されたことで、様々な葛藤があったことがよくわかった。

「師匠と戦って勝てなかったのも、エビーザで魔族化した者の攻撃に対処出来なかったのも、全部己の慢心のせいだったんだな？」

「ふっ、それは戦闘センスも経験も俺の方が上だからだ。当時も教えたと思うが、レベルやステータスが絶対的な強さの指標じゃないんだよ」

「うっ」

「ルシエル様はネルダールに赴かれた三ヶ月の間、一度しか戦闘らしい戦闘をしなかったのですよね？」

「うん。水龍と風龍と戦っただけだからね」

「それは羨ま……ゴホッ。失礼しました。その三ヶ月の期間がルシエル様の張り詰めていた意識を、少しずつ緩めてしまったのでしょう。それに……」

「まだ何かあるのか？」

「新しく得た力が強力であればあるほど、それを使ってみたいと思うのは武人としては当たり前のことです。ですが、今まで築き上げた土台を壊す必要はありません」

「いや、俺は武人じゃないからね。はぁ～エスティア、皆もすまない。そしてありがとう。聞いたことは今から意識して実践していくことにするよ。ただ直ぐに感覚が研ぎ澄まされるとは思えないから、迷惑を掛けることになると思う。そのフォローを頼むよ」

強くなったつもりがまさか足を引っ張ることになるとは……。

師匠とライオネル達が無理やりにでも迷宮へ連れてきてくれたことに感謝した。

「旋風と私もレベルが低くなっていますから、ルシエル様と競争出来ますね」

「サポートは任せるニャ」

「この迷宮を踏破し終えるまでに、頑張って取り戻しましょう」

「ルシエル様なら、きっと大丈夫です」

「ありがとう。よし探索を続けよう」

こうして失ったものに気がつけた俺は、視覚だけに頼らないように気配と魔力を読みながら、迷宮を進み始めるのだった。

地図に間違った記載があったため、何度か行き止まりで引き返すことになった以外は順調に進んで三十階層へ到達した。

休憩を挟むことなく、そのままボス部屋へ突入すると、待っていたのはシャドウベア三体とブラックベア五体だった。

「いきなり難易度が上がってないか？」

名前からも分かる通りクマなのだが、三メートルを超えるその体躯から感じる圧力はウルフの比ではなかった。

「このシャドウベアも影に消えます」

しかもシャドウベアもシャドウウルフと同様に影に隠れることが出来ると、ケフィンが叫んで教えてくれた。

これだけの質量が消えるって反則だろう。そう思いながら、仲間五人と魔物達の気配を探る。

魔物の攻撃はライオネルが受け、そこへケフィンとケティが素早く魔物達の腕や脚に切り込み戦闘力の低下を試みる。

エスティアはその戦力が低下した魔物達に俺やライオネルが囲まれないよう、攻撃しながら魔物の意識を自分の方に向けさせ、踊るように攻撃を避ける。

そこへ戻ってきたケフィンとケティが三位一体の攻撃で確実に魔物を倒していった。

そして師匠は、恐れることなく特攻してブラックベアの首を切り裂いていく。

俺は師匠とライオネルが攻撃を受けると回復魔法を発動しつつ、攻撃してきた魔物を幻想剣に魔力を注いで斬ることに徹した。

「ルシエル様」

「ああ」

ライオネルの声に後ろから魔物が凄い勢いで近づいてくる気配を感じ、そこへ攻撃を打ち込む。

「炎龍剣!!」

名前を呼んで振り切った幻想剣からやはり龍が飛び出ていき、迫り来る影に噛み付く影が燃えつきると魔石が浮かび上がってきた。

油断しないで次の魔物に備えるが、魔物達は軽い恐慌状態に陥っていて、ケフィン達にトドメを刺されていった。

最後まで残ったシャドウベアは師匠が一対一で戦い、危なげなく勝利を収めた。

「無事に討伐出来ましたね。そろそろお腹も空いてきましたし、食事にしましょうか」

魔石を拾い終えてから皆にそう告げたのだが、皆の様子がおかしい。

これはまた何かしでかしてしまったのだろうか？　そう思っていると、ライオネルが俺の直ぐ側まで寄って来て口を開いた。

「さっきの攻撃は何ですか!?　ルシエル様は魔法を覚えただけでなく、龍そのものの力も使えるようになっていたのですか!?」

いや、メラトニの冒険者ギルドで見せたと思うんだけど？

「おい、あんな攻撃手段があるなら何で模擬戦の時に使わなかった？」

いや、それは危ないからです……とはさすがに言えない……。

「他の属性も斬撃として放つことが出来るのですか？」

ケフィンも目を輝かせながら聞いてくる。

「試していないけど、たぶん出来ると思う」

「あの攻撃が使えるようになったのなら、強くなったと勘違いしても仕方ありませんね」

「迷宮の魔物が恐怖を感じるくらいですから、相当強力だったはずです」

「本当に必要な時以外は全力を出さない……ですか。私も早く力を取り戻せるように精進致します」

「ルシエル様なら龍の神様に認められるかもしれないですね」

ライオネルとケフィンのテンションが一気に上がる中、ケティとエスティアは苦笑しながら、こちらを傍観していた。

「そうか……命の心配をされるほど弱くなったと思われていたのか」

ボソッと師匠が呟き、その顔から表情が消えた。

だけどライオネルとケフィンに対応していた俺は師匠を気遣うことが出来なかった。

「二人共オーバーすぎるし、龍の神様がいる場所は危険な場所だから、たぶん一生行くことはないぞ」

「「なるほど」」

ライオネルとケフィンは何かを思案するような顔をして、声をハモらせるのだった。

今のやり取りがフラグにならないことを祈りつつ、三十階層のボス部屋で昼食の準備をするのだった。

16　過去の戦い

三十階層のボス部屋で休憩を取り終えた俺達は、三十一階層へと下り立った。

「ここからの地図はない。そしてこの闇に乗じて敵の襲撃があるだろう。気を引き締めていこう」

「ルシエル様、明かりはどうしますか？」

「まだ皆が何処にいるのかは認識出来るし、明かりに魔物が集まってくるかもしれない。それにもう少し緊張感が増せば、あの肌を刺すような、相手の動きを把握する感覚が思い出せそうなんだ」

「分かりました」

「さぁ行こう」

こうして三十階層から本当の探索が開始された。

闇から這い寄る魔物を屠り、罠を解除して階層の地図を完成させていく。

もちろん探索中も魔物と戦うし、行き止まりや魔物部屋が存在するので時間は取られてしまった。

ただそれが少しずつ俺の緊張感を高めていく結果になった。

魔物を意識することで、何かが劇的に変わったとは思わない。

それでも気配と魔力、魔物から発せられる殺気で、攻撃が来るタイミングが徐々にイメージとリンクしていく感覚があった。

すると相乗効果で皆の動きまで感じられるようになり、周りがしっかりと見えて適切な動きが出来るようになってきた気がする。

ただ気になるのは、師匠が攻撃を受けて怪我をする機会が増えたことと、危険な状態になった時以外は回復魔法を拒否するようになったことだ。

そして集中し、心配していたからか、いつの間にか四十階層のボス部屋の前まで来ていた。

「もう四十階層だったのか」

「ルシエル様はかなり集中していましたから、そう感じるのかもしれません。ですが、気を張りすぎると身体は大丈夫でも、判断を見誤ったりしてしまいます」

「それじゃあボス部屋の敵を討伐して休憩しよう」

「気を引き締めていきましょう」

「うん」

ケフィンがいつも通り扉を開き警戒しながら部屋の中央まで進んでいくと、そこには某ゲームに登場するヘルメットを被ったような亀が無数存在していた。

「あ、あれはタートルメットボムです」

「知っているのか？」

「はい。タートルメットボムは甲羅が硬い上に魔法を弾くと言われています。ただ弱点もあります。殆ど動かないことと、少しでも傷を負ったらその瞬間に自爆することです」

「それならあまり脅威にならないだろ？」

「そうですね。通常であれば遠距離から投擲《とうてき》でもして自爆させればいいのですから問題はないでしょう。ですが、この密閉空間で一体でも爆発すれば勝手に誘爆していくので、自爆の余波に巻き込まれ、かなり酷いことになるでしょう」

ケフィンの言葉を聞いて想像する。

自爆によって甲羅が刃となって弾けてきた場合、ライオネルにエリアバリアを発動し大盾で守ってもらいながら、ヒールを継続しておけば問題ないだろう。

だけどもし仮に炎を伴う爆発となれば、このボス部屋の温度が急上昇して耐え切れないかもしれない。

「何か手はないのか?」

「はい。さすがに想定外です」

「師匠、何か対策はありませんか?」

「風の力を使って炎が出る場合は打ち上げ、水の魔法で部屋を冷やせばいい。あとは戦鬼の仕事だ」

さすが師匠。瞬時に対策を練ってくれるから助かる。

「ライオネル、防御を任せてもいいか?」

「もちろんです」

「皆、入り口まで後退して。師匠の案を参考にして、たぶん魔力が枯渇するけど氷壁を作るよ。魔力回復ポーションを飲んで爆発に備えて、危なければ風龍の力を使おうと思う」

皆は直ぐに同意して入り口まで後退してくれた。

「ライオネル、爆発が来るが耐えてくれよ」

「はっ」

「ケフィン、どれでもいいから投擲で狙えるか」

「はい。この距離なら大丈夫です」

「その役目は俺が引き受ける」

師匠が立候補し、ケフィンも同意して頷いた。

「あ、それじゃあ師匠お願いします」

俺は幻想剣を杖に戻して、杖に魔力を注ぎながら指示を出す。

「ここは力業で行く。遠くの魔物を狙えますか？」

「可能だ」

「それじゃあ合図を出して投擲したあと、俺とライオネルの後ろへ直ぐに移動してください。皆も後方で待機しておいて」

「「はっ（はい）」」

エリアバリアを発動してから、師匠に投擲の合図を送る。

師匠が俺の合図で短剣を投擲すると、タートルメットボムの足を掠めた。

もしかすると浅かったか？　そう思った瞬間、ケフィンの情報を信じて氷壁を作る。

「水龍よ、我等を守る氷壁を全面に築き、全ての攻撃を遮断せよ」

魔力が一気に削られていき、分厚い氷壁が出来上がった瞬間、遠くで爆発音が鳴り響いたと思ったら、爆竹のように次から次へと爆発音が鳴り響き始めた。

念のために氷壁が破られたり解かされたりしても修復されるイメージで氷壁を築いたのだが、そんなことは必要なかったようで、一分にも満たない間に魔物は全て自爆して、氷壁は解けることなくそのまま存在していた。

「龍の力とは凄まじいものですな」

ライオネルは氷壁を触りながら、感心したように言った。

「その分、魔力の消費が凄まじいけどね。この氷壁で最大魔力量の八割が一気になくなるぐらいだからさ」

「賢者の魔力の八割……」

ライオネルはそう言って考え込んだ。

「ルシエル様、この壁の中は少し寒いニャ。直ぐに解除してほしいニャ」

「解除するのはいつでも出来るけど、あれだけの爆発をして、まだボス部屋が燃えているところもあるから、解除したら熱波が襲ってくると思うよ」

「むぅ……仕方ないニャ」

「それはそうと、そのローブは温度調節機能がついていないのか？」

「ついていたけど、いつの間にか利かなくなっていたニャ」

「気がついた時点で言ってくれよ」

俺は直ぐに教会の白いローブを渡す。

「このローブは久しぶりニャ。ありがたく借りておくニャ」

「ああ。皆も装備の不備があったら、俺に言うか、エビーザに戻ったらドランに言ってね。そうすれば何とかなるから」

そんな会話をしながら時間を潰し、氷壁を解除したのは一時間後のことだった。

その後、部屋を浄化して食事を摂ると、魔力の回復を促すために俺は一足先に眠りに就いた……はずだった。

「ここは何処だ？」

いつもなら天使の枕を使えば体力が回復したところで目覚めるのだが、今回は目覚めた場所が異常だった。

寝る前までは確かに迷宮の中だったはずなのに、今は山々に囲まれた大地に寝そべっているのだから。

立ち上がりこの状況に戸惑っていると、後ろから声が聞こえてきた。

『案ずるな。ここはまだ夢の中だ。今は我がルシエルの意識を誘導している』

振り返るとそこにはエスティア……の身体を借りた闇の精霊が立っていた。

「夢の中にまで介入してきたってことは、何かあるの？」

『ああ。この迷宮に眠る闇龍について、伝えておくことがあったのだ』

いきなり凄い情報が闇の精霊から伝えられたことに困惑する。

「闇龍。邪神の呪いを受けている転生龍が迷宮に囚われていたのか」

『そんなことよりも闇龍を解放するのは容易ではないぞ。レインスターのように強くなければ従えることも解放することも出来まい』

「解放するために戦う必要があるみたいな言い方だけど、闇龍はどういう龍なんだ？」

『今から見ていれば分かる。この地を見て何か気がつかぬか？』

「えっ？　そうだな～言われてみれば、ロックフォードの近くがこんな感じだったと思うけど。当たっているか？」

『……これから過去を見せる。どうやったら闇龍を浄化出来るか考えておけ』

「どういうことだ」

闇の精霊は俺の問いかけには答えず、空を見上げていた。

俺も仕方なく空を見上げると、漆黒の龍が空からブレスを吐こうとしていた。

エリアバリアを発動しようとしたが、一切魔法が使えなかった。

それどころか、俺の身体が透けていることに気がつき、これが夢であることを自覚した時だった。

光の斬撃が漆黒の龍へ放たれ、それをまともに受けた漆黒の龍はブレスを中断させた。

『おのれ、我に攻撃を仕掛けてくるとは、何者だ』

ビリビリと肌を刺す濃密な殺気が場を支配する。

あれが龍の本来の力なのだろう。

今まで会った龍達は、かなり手加減をしてくれていたみたいだ。転生龍達に感謝していると、そこへ飛行する一人の青年が現れた。

あれは間違いなくレインスター卿だ。

『闇龍よ、何故世界を破壊しようとする？』

『たかが人族風情に、我の考えを言う必要があると思うか？』

闇龍はそう告げると、黒紫色のブレスを大地にではなく、レインスター卿に向かって吐いた。

ブレスは一瞬にしてレインスター卿へと到達すると、そのままレインスター卿を呑み込み、後ろにあった山の頭を貫いていった。

『人族風情がしゃしゃり出てくるからだ』

そしてまた大地へとブレスを吐こうとしたが、先程闇龍が放ったのと同じぐらいの輝く光が闇龍を呑み込んだ。

光が飛んできた方を見ると、レインスター卿が先程と全く変わらない位置で球体の結界を発動したまま空中に停止していた。

この時点でレインスター卿が人族を止めていたことが分かった。あれは同じ生き物ではない。俺はそう認識した。

『貴様――ただの人族ではないな!!』

闇龍は身体から煙を上げながらレインスター卿に問いかけた。

『ああ。これでも一応勇者（仮）らしい。今この世界では（いつの間にか）魔王を倒したことにより、人族が手を取り合い発展していこうとしている。それなのに全てを根絶やしにされるのは困るのだけど？』

『魔族の王を倒しただと!! それでは世界の均衡が保てなくなるではないか』

闇龍は怒るというよりは、嘆いているように見えた。

『別に魔族を根絶やしにしたわけじゃない。それに強固な結界を張ったから、こちらに来られないようにはなるが、魔族は魔族の地で繁栄していくはずだ』

『世界の均衡が崩れれば、必ず人族同士の争いが起きるぞ』

『俺がいる間は絶対にそんなことはさせない。子供が血を見る世界ではなく、知を競うような世界を創ってみせる』

『その覚悟が本物なら我に示してみせよ。そして長きに亘り我が破壊してきた意味を考えて逝け』

そこからとても激しい戦闘が始まった。

お互いに譲らず、光と闇がぶつかり合った。が、決め手にはならなかった。

そこで仕掛けたのはレインスター卿だった。

剣を構えると魔力を込めたのか、剣が輝き出した。そして気づいたら闇龍の後ろにいた。

俺がそう認識した時には、闇龍の背中から血が勢いよく噴出した。

レインスター卿が闇龍を切り裂いたのは状況で分かったが、速すぎて全く見えなかった。

そのレインスター卿は、さらに追撃を加えるためかまた身体が掻き消えた。

しかし闇龍も黙ってそのままやられてはおらず、なんと身体から鱗《うろこ》が次々に落ち始めた。

その鱗は高速で回転して闇龍の周りを飛び回ると、レインスター卿を近づけさせないように、徐々にスピードを上げていくのだった。

そんな戦闘が長く続いたが、輝く剣が巨大化して闇龍を大地に叩き落とし、レインスター卿が追撃の魔力砲を放ったことで、ようやく戦闘が決着した。

俺は山の抉《えぐ》れ具合から、あれがロックフォードであることを理解した。

『この世界は我が破壊し、光龍が再生する。そして他の龍達が新しく生命を誕生させることで、このガルダルディアが朽ちないようにしてきたのだ』

『破壊ばかりして楽しくはないだろ？』

『我が破壊せねば同族で殺し合い、星を削り、そして世界の均衡が破られて星が力を失う。そうなれば生命体が住める環境がなくなってしまうのだ』

『闇龍の懸念はよく分かった。確約は出来ないけど、そうならないように色々な種族の知恵を借りて、この世界を守るために尽力することを誓う。だから破壊を止めてくれないか』

『我は負けたのだ。御主が生きているうちは世界を破壊することは止めよう。だが御主が望む世界にならなかった場合、我は再び破壊の化身となろう』

『じゃあそうならないように、これからは精一杯働いてもらうぞ』

そんなやり取りが行われていた。

「『ルシエルよ、闇龍はレインとの約束を守り、これまでは破壊活動を自粛してきた』」

「何故この過去を見せたのか聞いてもいいか？」

「『闇龍は手加減を知らない。それに正々堂々としていない者を好まない。だから今までのように解放に協力してくれた龍とは違うと知っておけ。肉体を消滅させてしまう威力を秘めたブレスを吐いてくる。それだけ伝えたかった』」

「……分かった。認められるにはどうしたらいいかを考え、挑むか挑まないかを含めて検討してみるよ」

「『ルシエル、エスティアのためにも後悔するような判断をしないことを祈るぞ』」

闇の精霊がそう言ったと同時に意識が浮上して目が覚めた。

まるで悪夢にうなされていたかのように汗を掻いていたので、浄化しておく。

視界に映る迷宮の天井を確認して、俺は深い溜息を吐きながら、闇龍について考えを巡らせるのだった。

17 模倣

闇の精霊はレインスター卿と闇龍の過去の戦いを俺に見せてくれた。

どちらも凄まじい強さだった。

特にレインスター卿は普通の強さではなかったが、その中で参考に出来そうな動きも色々とあった。

「あの強さは反則だろ。でも、どれぐらい凄いのかも分かったか……」

足だけでなく、身体全体を使って空中での方向転換。

あれは風龍の魔力みたいなもので空気の壁を利用しているんだろう。

戦いながら相手の弱点属性を探り、弱点属性を剣に込めて攻撃する。あれなら近距離攻撃と遠距離攻撃どちらでも効率的にダメージを与える。さらに多彩な攻撃のバリエーションで相手を翻弄《ほんろう》出来るのも凄かった。

だけど一番驚いたのは防御だ。

ブレスの場合は魔力障壁を幾重にも発動し、さらに自分へ回復魔法を発動させていた。

あれは俺もよくやるが、結界のような魔力障壁を張るなんて発想はなかった。

近距離攻撃の時も魔力障壁を厚くすることで、敵の攻撃速度が一瞬落ちる。

その瞬間に避けるか、カウンターを選択していたよな。

あれは的確な状況判断能力と、それについていけるだけの身体があって体得出来る奥義みたいなものだよな。

「だけど……思考加速と身体強化のスキルは俺も習得しているし、風龍の力で魔力障壁を作ることは出来るかもしれないし、回復魔法だけならレインスター卿に引けを取ってはいないはずだ」

俺は夢で見たレインスター卿の戦い方や動き方をトレースすることで、自分のものに出来るものがあれば貪欲に吸収しようと心に決めた。

身体を起こすと、師匠とライオネルだけが起きていたので、仮眠するよう促した。

「師匠、ライオネル、俺が起きたから見張りは任せて、少しでも寝ておいてください」

「寝ている間に何かあったか？」

うっ、さすが師匠は鋭い。しかし闇龍のことを告げると面倒なことになりそうなので、首を傾げておく。

「ルシエル様、帝国兵と戦う時ですが、私はきっと手加減をしている余裕などないでしょう。そのためルシエル様の魔法で弱体化させた場合を除き、全て斬ることにしました」

ライオネルは覚悟を決めていた。師匠と何か話していたのかもしれない。

「そうか。でも、もし顔見知りで助けたい者がいたら、遠慮なく言ってほしい」

「はっ」

ライオネルはそう告げると壁際へと移動していく。

その後ろ姿を見て、帝国を攻めると伝えた時からライオネルが発していた荒々しいほどの闘気が消えていることに気がついた。

「今までは気がつかなかったけど、普段のライオネルに戻った感じがする。ということは、ライオネルの心も乱れていたのかもしれないな」

何事も完璧にこなすと思われたライオネルにも迷いがあることを知り、皆もそれぞれ踏ん張っていることに気づかされた。俺は皆が起きるまで黙々と剣を振り続けるのだった。

エスティアがまず目を覚まし、次いでケティ、ケフィンが起きた。

ライオネルが起きてくるまで、少しだけケフィンに模擬戦の相手をしてもらうことにした。

「少し試したいことがあるんだ。ケフィン、軽く模擬戦をしてくれないか？」

「珍しいですね。もちろんルシエル様の頼みであれば、いつでもお受けしますよ」

「ありがとう、助かるよ。俺が盾を構えるから、全力で打ち込んできてくれ。但し致命傷になるような攻撃はしないでくれると助かる」

「そんな攻撃はしませんが、ルシエル様が防御しかしないのであれば、腕や脚が胴から離れるのは覚悟してください」

「ああ。頼む」

ケフィンは少し意外そうな顔をしてから、剣を構えた。

俺も魔法袋から盾を取り出し、一度深呼吸をしてからケフィンに向かって構えた。

「いつでもいいよ」

「では、参ります」

その瞬間、ケフィンの身体がブレた。

やはり予想していた通り、ケフィンは身体強化の練度が上がっているようで、かなり強くなっていることが分かる。

こちらも直ぐに身体強化を発動しながらエリアバリアを展開させる。さらに自分の魔力を体外に放出させてそれを制御し、魔力障壁を作り上げた。

気配や魔力を感じてケフィンの動きを探る。

シュッと音がすると、本当に一瞬だけだが、ケフィンの攻撃が遅くなった気がした。

しかしその代償として、腕を少しだけ斬られてしまった。

だけどやろうとしていることはきっと間違っていないはず。そう自分に言い聞かせて模擬戦を続行する。

「遠慮はいらない。どんどん来てほしい」

魔力障壁に練り込む魔力を増やし、さらに密度が高く硬い盾をイメージして具現化していく。

するとまずは盾でケフィンの攻撃を防御出来るようになり、更に魔力障壁を硬くしていった。

その結果、本当にギリギリではあったけど十回に一、二回は攻撃を避けることが出来るようになった。

「ケフィン、攻撃をする時に何か感じるか？」

「いえ、特に感じませんでした。ただルシエル様の反応速度が上がっていったような気がしましたが……」

ケフィンはそう言って首を傾げた。

「そうか。魔力障壁を厚くしたことで、障壁に触れたケフィンの攻撃速度が一瞬遅くなった感じがしたんだけど、もしかすると危険を察知して集中力が増しているのかもしれないな。まぁそのせいか少しだけ疲れたけどな」

これを体得するには時間がかかるだろうけど、また新しい目標が出来たことを俺は素直に喜んだ。

「昨日の今日で直ぐに改善しようとするところがルシエル様のいいところですね」

「いや、これは皆のおかげだよ」

今回は過去の戦いを見せてくれた闇の精霊と、この世界に来てから欠かさなかった魔力操作と魔力制御の賜物《たまもの》だ。

もっと早く気がつかないといけなかったものだ……。

だけど今は喜んでおこう。俺が死ななければ、誰も死なせない確率は高くなるんだから。

ケフィンの次に模擬戦の相手をお願いしたのはエスティアだった。

魔力障壁をもし魔力剣で切られたらどうなるのか、念のために調べてみることにしたのだ。

すると驚く結果になった。

何とケフィンの攻撃と違い、魔力剣は魔力障壁に当たると一気にそのスピードが落ちたのだ。

「何か感じたのか？」

「はい。とても硬いものに阻まれるような感覚がありました」

「そうか」

相手の攻撃に魔力が込められていると、魔力同士が反発するのかもしれないな。

何となくだけど、師匠が鍛えてくれた俺の武器の完成形のイメージが見えてきた気がした。

考え事をするために料理を作り始めてもう直ぐ完成するところで、師匠とライオネルが起きてきた。

しかしその睡眠時間の短さはさすがに心配なので、帝国へ向かう前に長時間の睡眠を取ることを約束させてから、食事にすることにした。

そして四十一階層へと下り立つと、一メートル以上先は殆ど何も見えない暗闇だった。

「これだと罠を見つけることも解除することも難しいな。ルシエル、ライトで照らすぞ」

「そうですね。下手をすると魔物が押し寄せてくるかもしれないし、即死がありえる罠をもらうよりは魔物と戦う方がいいでしょうね。最悪、物体Xの樽を抱えて俺が先行して歩いてもいいですけどね？」

「それをやったら後方の俺達の嗅覚が潰れるだろうが」

「はっはっは」

「明るくなって魔物が押し寄せてくるなら、罠が発動している可能性もありますし、魔物だけに集中出来ますよ」

俺と師匠の間にケフィンが入ってくれた。

「じゃあ五十階層を目指すぞ」

「「「はっ（はい）」」」

先頭は今まで通り師匠が歩き、ライトは俺が盾代わりに持つことにして、皆には戦闘を頼んだ。

ライトを前方に向けると、今まで戦ってきた魔物たちがこちらに押し寄せてくるのが見えた。

そこからは戦闘の連続だった。

さすがに攻撃を全て捌くことは出来ず、師匠とライオネルを含めた全員が少なからず怪我を負った。

ただ魔物を倒すことも多く、師匠とライオネルのレベルが上がったのか動きが段々と良くなってきているように思えた。

ちなみに地図を作ることは諦め、階段があれば下っていく。

そして四十五階層を越えると、いきなり人型の魔物が現れ出した。

ダークナイトという首がない騎士の魔物や、シャドウナイトというリビングアーマーが影から現れる魔物、そして四十八階層からはデュラハンが出現した。

ただ皆の動きが良くなったのも、人型の魔物が現れ始めてからだった。

師匠は対人戦が好きだし、ライオネルとケティは帝国の軍人だったため元々が対人戦専門だ。

ケフィンやエスティアの動きは変わらないけど、攻撃が読みやすくなったのか、積極的に動けるようになっていた。

そしてどうやらそれは俺も同じだったようで、相手の攻撃に合わせてこちらの攻撃を当てるタイミングが計りやすく、魔力を込めた幻想剣で敵を切り裂いていく。

しかしその順調な戦闘とは裏腹に、迷宮探索で宝箱がないことに俺は違和感を覚えていた。

そしてようやく五十階層のボス部屋の前に来た時だった。

中から凄まじい轟音が鳴り響いた。

18　とんだ前哨戦

五十階層のボス部屋の手前で鳴り響いた轟音に、俺達は足を止めた。

「今の轟音は中からだな？」

師匠が振り返りながら確認を求めた。

「はい。どうやら先客がいたようですね」

「罠や宝箱がなかったのもそれなら納得がいきます。ここまで来られるってことは相当な実力者では？」

「そうですね。一定以上の水準であることは間違いないでしょう」

確か師匠がグランドルの謀略の迷宮でデュラハンを見た時に、一人で倒せるならAランクの実力はあるって言っていたからな。

でも謀略の迷宮で遭遇したデュラハンは、この迷宮のデュラハンよりも強かった気がする……。

それは単純に俺達が強くなっているからか、この迷宮の敵が暗闇というアドバンテージを活かすことが出来なかったからなのかは分からないけど……。

そんな実力者達が邪神を召喚してアンデッドにならないことを祈るばかりだった。

「そうか。どちらにせよ、ここで待つことになるな」

「魔物がどんどん寄ってくるニャ」

「ルシエル様、ライトを落としますか?」

だいぶイメージと現実の動きがリンクしたし、今なら問題なく過ごせる。

それにボス部屋の前にいるのだから、罠にかかることもない。

あとは一定以上の数の魔物と戦うことで、レベルを上げたり戦闘勘を取り戻したりなど、各々が判断するだけだな。

俺は皆の意見をまずは聞くことにした。

「たぶんライトを落としても大丈夫だね。師匠とライオネルはどうです? レベル上げの目的が果たせたなら、ライトを落としますけど」

「まだまだ物足りない」

「よろしければ、もう少しだけ底上げさせてください」

師匠とライオネルはやはり自力の底上げに貪欲だ。

「ケティはどう?」

「数が多くて精神的には疲れたニャ。でも問題なく戦えるニャ」

ケティはあまり戦いたくなさそうだったが、実は元気なことは皆が看破していた。

「ケフィンは?」

「もう少しだけ戦っておきたいですね。帝国の後、公国ブランジュへ赴くのですよね?」

「うん。まだ決まってないけど、そのつもりではいる」

「それならば、やはり少しでも底上げをしておきたいと思います」

ケフィンは先のことを考えての底上げか。

確かに公国ブランジュは人族至上主義の国だ。だからこそ底上げしておきたい気持ちも分かる。

ケフィンがケティへ視線を移したことで、彼が何のために底上げするのか分かった気がした。

「エスティアはどうだ？」

「そこまで疲れたということはありませんが、そろそろ武器の耐久値が心許ないです」

エスティアの装備はずっと前に渡した聖銀の剣のままだった。

「そうか。師匠を含め皆はグランツさんが作ってくれた装備だったか。エスティアの武器も今度ちゃんと作ってもらうことにしよう。とりあえず武器なら、魔法袋の中に何かあった気がする」

俺は魔法袋を探り、エスティアが持っている聖銀の剣を渡そうとして、昔師匠から餞別でもらったミスリルの剣と聖銀の剣を差し出した。

「師匠、いいですよね」

「ああ。武器は使われてこそ輝く。死蔵などもっての外だ」

「ははっ。エスティア、少し使ってみて使いやすい方を選んでほしい」

「ありがとうございます。それでは二本ともお借りします」

「それじゃあ中の戦闘が終わるか、動きに精彩を欠いてきたら、物体Xを置いたり、ライトでおびき寄せたりするのは止めよう」

「ああ」「「はい（ニャ）」」「「はっ」」

こうして俺達は迷宮から生まれてくる魔物を倒していくことに決めた。

出現する魔物は変わらずダークナイト、シャドウナイト、デュラハン。それと神話に出てくるゴルゴーンのような、髪が蛇で人面だけで動く魔物が出現した。

ライオネルは攻撃を大盾で受け止めてから、各部位を落としていき、最後は豪快に斬り捨てる。

ケティとケフィンはコンビネーションを活かして左右から連撃を放ち、そこにエスティアが流れるようにトドメを刺す。

そして俺は皆の状態異常を回復させつつ、模擬戦で試した魔力障壁を使いながら、魔力剣で魔物と戦った。

「ルシエル様の魔力を込めた剣の威力は尋常ではありません。それだけで一撃必殺でしょう」

ケフィンは感心するように褒めてくれた。

魔力剣に注ぐ魔力を意識すれば属性を使い分けられることも分かったので、これがあのレインスター卿と同じぐらいに自然に出来るよう目指そう。

「そう言ってもらえると嬉しい。だけど一撃を入れることよりも致命傷を避けることが俺の課題だと思う。それが出来れば一気に生存率は上がると思うんだ」

「捨て身の攻撃はもうしないのかニャ?」

以前師匠に叱られたことを弄《いじ》ってくるケティに、笑い返しながら本音をぶつける。

「やらないと死ぬ確率が高いからやっていただけで、何とかなりそうならやりたくないよ」

「ルシエル様はそんなことを言いながらもやりそうニャ」

「ルシエル様がそんな決断をしないようにするのが、私達の務めだ」

ケティの言葉にライオネルが口を挟み、ケティは弄れなくなったと溜息をついていた。

「ルシエル様がいなくなれば、強固な防御魔法も回復魔法もなくなり一気に戦力が落ちますからね」

「俺も精進する……この気配は、奴か⁉」

エスティアがこのパーティの要とも取れる発言をしてくれたので、それに応えられるよう頑張ろうと宣言しようとしたところで、死を連想させる強い威圧感が急に出現した。

「ええ、間違いないでしょう」

ライオネルは直ぐに俺に同意した。

「こ、この全身が震える威圧感の正体を知っているのですか？」

「もしかして邪神？」

語尾にニャがつかない。

真顔で青ざめるケティがライオネルに問うが、代わりに俺が答える。

「ああ、間違いなく邪神だ。中にいる者は助からないが、必然的に中にいる相手を浄化しないといけない」

「皆。動くな」

エスティアではなく、闇の精霊が表に出ている状態で、俺達は黒い靄に包まれた。

「これは？」

「『相手は神。されど闇の魔力の中であれば、気づかれないはず。さすがに邪神を倒すのは無理だから、このまま待機するしかないであろう』」

「分かった。皆もエスティアの言うことを聞いてくれ」

そう伝えつつも、師匠だけは今にも扉を開けて突っ込みそうなぐらいの殺気を放っていた。

こうして俺達は邪神の気配が消えるまで待つことにした。

それから一分もせずに威圧感は消えたが、闇の精霊は中々闇魔法を解かなかった。

「エスティア、もういいのではないか？」

「『奴は狡猾。いなくなったと見せかけて、こちらの出方を窺っているはず』」

邪神のこともよく知っていそうな闇の精霊の指示に従うことにした。

「今回はエスティアの指示に従いましょう。それよりも魔物が徐々に近寄ってきているから、準備だけはしておこう。魔物を一掃して、少し時間をかけたら中へ入りましょう」

俺がそう宣言すると、皆も同意してくれた。

そして魔物を倒しきった俺達は、同じように二回、魔物達が現れるのを待って一掃したあと、先へ進むことを選択した。

扉を開くと今までのボス部屋とは違い、他の迷宮のボス部屋ぐらいの明るさだった。

そして中に入って、直ぐに出てきた敵は既に人族ではなかったが、予想していたアンデッドでもなかった。

五体の魔族がこちらを見据えていたのだった。

「何故魔族が迷宮を踏破したんだ。そもそも邪神がいたはずなのに、どうしてアンデッドにならない」

俺は質問をしながら、魔法陣詠唱を始めた。

すると、魔族の一人が高圧的に声をかけてきた。

「劣等種のままの貴様らが、上位種の我等に名乗りもせずに質問とは舐めているのか！」

「それはすまなかった。私は賢者ルシエル。魔物と魔族を倒すことを生業《なりわい》にしている者だ」

「ほう。迷宮荒らしが治癒士ではなく、賢者になっているとは。これでは帝国も手を焼くはずだ」

⁉　邪神がグランドルの迷宮で言った言葉を、目の前の魔族はそっくりそのまま告げた。

まさか邪神が闇龍の封印を解かせないように魔族を操っていたのか？　俺は動揺してしまい、声を荒らげて問うた。

「それで先程も聞いたが、何故迷宮に魔族がいるんだ？」

「迷宮に眠る宝探しだよ。まぁ邪神様が現れたのには些か驚いたがな」

邪神が配置した魔族というわけじゃないのか。邪神が呼び寄せたのなら事前に知っているはずだ。

それならばきっと彼等もまた魔族化した存在のはずだ。

「お前達は純粋な魔族ではないな？　帝国で魔族になった者達なのか」

「くっくっく。あのようなまがいものと一緒にしないでくれ。我らは帝国特殊部隊だ」

やはり純粋な魔族ではないらしい。だけどその口振りからして普通に魔族化した者達とも違うのだろうか？　俺はライオネルとケティの顔を横目で見るが、どうやら二人は知らないようで首を横に振った。

「それで特別な魔族化をして何を為そうとしているんだ。公国ブランジュの配下にでも戻るのか」

「くっくっく。だから劣等種と呼ばれるのだ。我等が他国の下につくわけがないだろう」

「当然見逃してももらえないのだろう？」

「ああ。お前はライオネル様が邪魔な存在として懸念していた男だからな。その首を持ち帰らせてもらおう」

敵味方の全員が一斉に武器を構える。

「最後に二つだけ聞いていいか？」

「我等は寛大だから、最後の頼みぐらい聞いてやろう」

「それじゃあお言葉に甘えて。お前達のトップは皇帝か？　それとも戦鬼将軍か？」

「皇帝だと？　あんな生きる屍に従うと思うのか」

そこで他の四体の魔族も笑い出した。

どうやら魔族部隊を仕切っているのはクラウドみたいだな。

「最後に人族に戻れるとしたら、戻りたいとは思わないか？」

「思うわけがないだろう。さぁ我等の圧倒的な強さをその身に刻み逝け」

「残念だ」

俺は無詠唱で聖域円環《サンクチュアリサークル》を発動させた。

その瞬間、師匠とライオネルを先頭に皆が一斉に突撃していった。

一瞬見えたライオネルの顔は普段とは違い鬼のような形相をしていて、あれが本物の戦鬼将軍だったライオネルなのだと実感した。

魔族となった帝国特殊部隊を名乗った者達は絶叫を上げながら苦しみ、それでも何とか戦おうとはしたが、あっけなく最期を遂げた。

時間にして一分もしないうちに殲滅《せんめつ》戦は終了した。

俺が念のためにもう一度聖域円環を発動させると、まだ生きていたのか絶叫が上がり、青白い炎となって帝国特殊部隊は装備だけを残して消えていった。

少しだけ虚しさが込み上げてきたが、とりあえず迷宮を踏破したことを皆で分かち合うために、俺は皆のところへと歩み始めるのだった。

19　闇龍の想い

帝国特殊部隊は魔族化して得た力に踊らされた者達だったから、戦闘自体は問題なく終了した。

残念ながらあまり情報を聞き出すことは出来なかった。

ある程度の力は保有していたのだろうが、たぶん彼等は捨て駒であった可能性が高い。

そうでなければあんなにペラペラと内情を話さないはずだ。

それにしても魔族になったとはいえ、元人族の命を奪うということには慣れないし、気持ちのいいものではなかった。

「ルシエル様、助かりました。まさか首を落としても生きているとは思いませんでした」

「確かに生命力が上がっていたのには驚いた。俺も念のために発動しただけだから、運が良かったと思って、次の戦いに活かそう」

「はっ」

「この装備はどうするニャ?」

語尾を戻したケティが魔族の装備品を指差して聞いてきた。

「念のため浄化して全て持ち帰るつもりだ。ただその大きな魔石には触れないでくれ」

「当たり前ニャ」

「ルシエル様、あちらに帰還の魔法陣が浮かんでいます」

エスティアが見つめる先に魔法陣があった。

そしてその奥には封印の門が存在している。

「ルシエル様、やはりあるのですか？」

「ああ。戦いにならないことを祈って、封印を解除して闇龍を解放してくるよ」

「御武運を」

するとと俺の肩を師匠の手が掴んだ。

「師匠？」

「同行出来るか試してもいいだろう？」

「あ、はい。それじゃあライオネル、あとは任せた。今回は少し長くなるかもしれない。一日以上経っても俺が出てこなかったら、エビーザへ戻っていてくれ」

「今までは長くても数時間だったはずでは？」

「水龍と風龍の時はかなり時間がかかったんだ」

「本当に一日だけでよいのですか？」

「ああ。こっちにはフォレノワールがいるから、帰りに関しては問題ない。その時は皆をエビーザまで歩かせてしまうのが心苦しいけど……」

「ルシエル様の早期帰還を祈っています」

「同じく祈っているニャ」

「ルシエル様、信じています」

「旋風、任せたぞ」

「ああ」

完全に直ぐ見送られる感じになってしまった。

だけど今回は万全を期さないとヤバイと思っていたので、皆の誤解を解くことにする。

「門を開けるのに魔力が吸われるから、休憩はするよ」

すると皆は、俺が恥ずかしがっている顔がツボにでも入ったのか、笑い出した。

しかし笑えていたのはそこまでだった。

いつも通りに門に触れると魔力が吸われていき、文様に黒紫色の光が浮かび上がっていく。

そして門が開いた時だった。

俺は聖域結界を無詠唱で発動しながら、門の正面から横へと跳んだ。

すると聖域結界に何かがぶち当たる音が聞こえた次の瞬間、きしみを上げながら結界に徐々に罅《ひび》が入っていく。そして結界を突き破ったのは黒紫色の光線だった。

直ぐに皆の安否を確かめると、光線上には誰もいなかったようで、全員無事だった。

まさかいきなり攻撃を仕掛けてくるとは思わなかった。

何とか穏便に解決したかったけれど、これで戦闘するのは確定か。

気持ちを切り替えて指示を出す。

「やっぱり皆は直ぐに脱出してくれ。さっきの攻撃は闇龍のブレスで間違いない。この部屋も無事である保証はない」

「ルシエル様、絶対に無事で帰ってくると約束してくださいますか？」

「ああ。もし俺が一週間以内に戻れなかったら、帝国へ行くのもなしだ。ケフィン、ケティ、エステイアはライオネルを見張っているように。まぁ信じて待っていてほしい」

「ルシエル様が老衰以外では死なないことを信じています」

「ああ。それと師匠も一緒に行ってください」

「どうして通れないんだ!!　ルシエル、肩を貸せ」

ブレスが通った付近を師匠は何度も探していたが、扉に触れるとそこには何もないかのようにすり抜けてしまう師匠の姿があった。

俺の肩を掴み封印門を通ってみたが、師匠の身体はやはり封印門をすり抜けてしまった。

「師匠も皆と一緒に行ってください」

「絶対に無事で戻れよ」

「はい」

「ルシエル様なら、封印を解くと信じています」

「ルシエル様がいないと困る人が大勢いるから、まだまだ働くニャ」

「ルシエル様、絶対に諦めないでください」

「ルシエル様、この先へ一緒に進めないのは、従者としてとても悔しく思います。ですので、必ず生きて戻ってください。そして帝国で我等が活躍する機会を与えてください」

「ああ。必ず生きて帰るさ。皆も何があるか分からないから、気をつけてエビーザへ帰るんだぞ」

俺の言葉を聞くと、帝国特殊部隊を倒した際に出現した帰還の魔法陣を使って皆は迷宮の外へと帰還していった。

「さてと、行ったか。全力じゃないとはいえ邪神が破れなかった結界を破壊するってことは、夢で見た闇龍のブレスで間違いないだろう。どうか話の通じる龍であることを祈りたい」

俺はそう呟くと、一気に階段を駆け下りた。

「三十階層並みに暗いな。闇龍よ、俺の声が聞こえるか？」

『たかが人族如きが我に声をかけるとは、なんと命知らずな』

「夢で見た通り人族嫌いなんだな。レインスター卿は新しい世界を構築したんじゃないのですか」

『奴は嘘つきだ。我を散々こき使っておきながら、全てを成す前に死んでいったのだからな』

「レインスター卿は空中都市を作ったり、世界の中心に教会を作ったり、技術国家を作ったりして人々が暮らせるような働きはしたのでしょう？　龍族や長命種族と比べれば人族は寿命が短い。それでも約束通り尽力したんじゃないのですか？」

『過程よりも結果だ。あやつは人族より少し長く生きたが、結局は全てを成し遂げることなく死んだ……。我との約束を破ったのだ。この忌々しい鎖がなければ、我がこの世界を破壊してやるものを』

この時、闇龍が嘘をついていることが分かった。

何故なら闇龍が封印されたのはここ五十年のはず。長くても百年は経っていないはずだ。

それなのに三百年前に死んだレインスター卿との約束を守って、未だに世界を破壊していなかった。

それはきっと闇龍が、レインスター卿の描いた世界を心の何処かで信じているからだと俺には思えた。

それに先程五十階層へ放ったブレスの威力は……。

「先程のブレスで世界を破壊しようとしていたのですか？」

『そうだ。全てを破壊する我のブレスで、世界の秩序を取り戻すのだ』

相手がどんな状況だろうが、格上の相手に一瞬でも気を抜けばそれで終わってしまう。

俺は魔力を練り上げながら、夢で見た会話を参考にして闇龍に問う。

「だが、今のままでは破壊しか出来ませんよ。光龍の封印はまだ解いていないのだから」

『嘘を吐くな。光龍の封印は既に解けているぞ』

闇龍の圧力が一気に増し、そこには怒りが存在していた。

しかし、闇龍の言葉に俺は驚きのあまり逆に心を乱されてしまう。

「なっ⁉　俺が解けた封印は聖龍、炎龍、土龍、雷龍、水龍、風龍だけですよ。光龍の封印はまだ解いてはいない！」

『貴様が封印を解いているかいないかなど、重要ではないわ。結果が全てだ』

俺は覚悟を決める。

「――もし、俺が貴方を認めさせてから、邪神の呪いを解呪して解放することが出来たら、そのことを教えてくれませんか？」

『いいだろう。我を従わせたければ、レインスターのように我に認めさせるのだな』

「……約束ですよ。スウーハァー。では、参ります」

いつもなら直ぐに聖域円環《サンクチュアリサークル》を発動させるところだが、俺はあえてそうするのを止めた。

別にレインスター卿の戦い方を見たからといって、あれが真似出来るとかそういうことが重要なのではない。闇龍が俺のことを信頼出来るのかどうか試しているような気がしたからだ。

「【聖なる治癒の御手《みて》よ、母なる大地の息吹よ、我願うは我が魔力を糧とし、天使の光翼で、全ての穢《けが》れから身を守る、聖域を生み出す鎧を創り給う。サンクチュアリアーマー】」

聖域鎧《サンクチュアリアーマー》は聖域結界をコンパクトに凝縮させたものだから、もしブレスが放たれても、ギリギリで回避するためだけに発動させた。

『さぁ同胞の力を借りてかかってくるが良い』

「【風龍よ、空を自在に飛翔する翼となれ】」

空中を飛行する。そして魔力障壁を足元に作り出し、一瞬の足場として駆けることが出来るか少し試してみたら成功した。

普通ならここは喜ぶところだが、今回は詠唱しながら魔力を更に高めて闇龍へと向かう。

『自らブレスに当たりに来るとは馬鹿な奴め。そのまま死ね』

わざわざそう告げてから、闇龍はこちらへブレスを吐き出した。

その刹那、俺がいた場所を黒紫色のブレスが呑み込んだ。

『……あっけないものだ。あれだけ期待させていてもやはりレインスターとは違ったか』

そのやるせないような落胆した念話が、俺の脳内に響く。

「ヒール」

俺は闇龍の後方からヒールを発動すると、青白い光が闇龍の姿を照らし出した。

『ググッ貴様、まだ生きていたのか』

闇龍は苦しそうなうめき声を上げながらも、こちらに念話で話しかけてきた。

「ええ。さすがにまだ死にたくないので、全てぶっつけ本番だったのですが、何とかこうして一撃を入れられましたね」

『……何故そこにいる。貴様はブレスに呑み込まれたはずだ』

「はい。正確には炎龍と水龍で作った俺の分身ですけどね。炎龍と水龍の力で魔力物体を作り、魔力を外に漏らさないように制御して、雷龍の力を使って一気に貴方の後方へと回り込みました。あのブレスに呑み込まれたのは俺の分身です」

『そんなものを作り上げていたのか』

「ええ。ただこの作戦が成功したのは貴方のおかげです。まずブレスを避けられるように誘導してくれましたよね」

『なんだと！　我が人族にそんなことをするわけがないだろう!!』

「貴方が昔レインスター卿へ放ったブレスのようにいきなり放つとか、簡単に避けきれないぐらい強力なブレスであれば、間違いなく俺は塵《ちり》も残さずに消えていたでしょう」

『…………』

「それに貴方は、俺のことを魔力と気配だけで判断するしかないほどに衰弱しきっていた。だからこそ稚拙な作戦が成功したのです。貴方は一体どれだけ長く邪神の呪いをその身に受けていたのですか」

先程ヒールで闇に浮かび上がった闇龍は、既に身体から瘴気《しょうき》が溢れ出ていて、身体の殆どすべてが腐るか骨になっていた。

今まで完全なアンデッドになっていなかったのが不思議なぐらい、酷いものに思えた。

『いつから我が本気でないことに気がついていたのだ』

「五十階層へ飛んできた貴方のブレスが、私の聖域結界を直ぐに破れなかった時からです。闇の精霊から、過去の貴方とレインスター卿の戦いを見せてもらいました。貴方がいかに桁違いの存在なのかは理解していたので、直ぐに手加減しているか、もしくは力が出せないのだと気がつきました」

『どうやら我の同胞を解放してきたのは、運だけではなかったようだな。ただ臆病なだけでもなく、蛮勇なわけでもない。運命に立ち向かうだけの勇気を持ち、努力を惜しまず平穏を目指す者か……。問おう。世界の秩序をどう守る』

そんな壮大なテーマを問われても、一般人の俺には答えられることなんてない。

だけどそれじゃあ納得しないだろうから、思っていることをそのまま告げることにした。

「話が壮大すぎて正直分からないです。でも、この世界にはたくさんの人がいるけど、そこまで争わないといけないほど狭い世界でもないと思います」

『共存共栄が出来ると？　ならば何故レインスターは同族で争うことを止められなかったのだ』

「それが生きるということだからなのかもしれません。人より豊かな暮らしがしたい、人より幸せになりたい、人より愛されたい。そんな欲が存在します」

『だから一生争いはなくならないと？』

「肯定しますが、否定もします。人という存在は隣人の手を取ることも、放すことも出来る種族だと俺は思っています。一人が隣の人の手を取り、もう一方の手でまた違う誰かの手を取れば争いはなくなっていくでしょう。ですが、欲に溺れる者が多いことも確かです」

『やはり人という存在は失敗作だな』

「確かにそちらの視点で言えば失敗作かもしれませんが、失敗を反省し次に活かせるから発展していくのだと思います」

『ならばレインスターは何故約束を違えた』

「レインスター卿は人を癒す教会を作り、人々が暮らしやすく生きやすい環境を作るために技術者達の里を作り、魔法研究の国を作ったりして発展する種を蒔きました。しかし彼には時間が足りず、その志は時と共に風化してしまったのでしょう」

しかし俺のこの考えにはいくつもの穴がある。

『奴のことを高く評価しているな。それならば貴様が奴の後継者になればいい』

闇龍は少しだけ嬉しそうに言うが、俺には彼の代わりは務まらない。

俺が出来るのは俺に出来る範囲で頑張ることだけだ。

「いえ、私は平穏な暮らしをするために自分が出来る範囲で頑張るだけです。過度な期待をしていただいても応えることは出来ません。それで光龍の封印の件ですが、本当に既に封印が解かれているのですか？」

『……間違いない。ただおかしなことに、奴の意識は転生せずにまだ現世に留まったままだ』

闇龍は面白くなさそうに貴重な情報をくれた。

その時、俺はハッとした。

もしかすると公国ブランジュの人間が話していたという、世界を統べる力というのは光龍のことなのかもしれない。

念のために光龍のことを聞いておきたい。

「光龍がアンデッドになった可能性は？」

『ない。聖龍は癒す力が強いが、状態異常の耐性はそこまで強くない。しかし光龍は状態異常を全て無効化するのだ』

「それならば封印が解かれてから何か変わったことはありませんか？」

「声が届かなくなることが増えた』

状態異常が無効でも意識を乗っ取られることはあるんだろうか？

「もしも光龍と対峙した場合、攻撃に対抗することは出来ますか？」

『基本的にはブレスにはブレスで対抗すれば我は負けない。まぁ戦う理由もないがな』

全然参考にならない。

「仮に召喚の魔法陣で隷属させる設定がされていたところに、光龍が召喚されたらどうなりますか？」

『隷属されるな。召喚とは契約だからな』

「契約を解呪することは可能ですか？」

『可能だ。だが我ならその国を滅ぼすだろうな。光龍の奴がどうするかまでは分からん』

「ちなみに人族を魔族化させる方法を光龍に使用したらどうなりますか？」

『されたことがないから断言は出来ないが、我等は魔核を持っているからその心配はないだろう』

「そうですか。それで闇龍よ。貴方にかけられている邪神の呪いを解呪してよろしいですか？」

『賢者ルシエルよ、多くは求めん。だがレインスターを思うのであれば、自分の出来る範囲で貴様が思い描く世界を築いてみせよ』

「……出来る範囲ですからね」

『ふっ。出来る範囲と言いながら、光龍以外の我を含む全ての同胞を解放した貴様の出来る範囲で頼むぞ』

「えっ⁉　この首飾りには九つの宝玉が入る場所があるんだけど、違うんですか？」

『知りたければ龍の谷へ来るといい。龍神様から力を授かる時になれば分かるだろう。それでは賢者ルシエルよ、期待しているぞ』

「はい」

それから俺は闇龍の呪いを解呪し、闇龍は消えていった。

そしてライトを取り出して、いつも通り邪神を呼び出すトラップのダンジョンコア以外の全てのお金やアイテムを拾ってから、帰還の魔法陣へと足を踏み入れた。

ピロン【称号　闇龍の加護を獲得しました】

ピロン【全ての転生龍の封印を解き放つことに成功しました】

ピロン【称号　龍神の加護を獲得しました】

20 砕け散ったゴーレム

闇龍と戦闘していた時間はとても短かったが、それは闇龍が弱りきっていたからだ。

邪神の呪いを最初に受けたのは、闇龍で間違いないだろう。そうでなければ、こうして皆のところへ帰ってこられたか怪しいものだ。

もしかすると邪神がこの計画を始める時に、自分がかける呪いが闇龍に効くのか試したのかもしれないな。

そんなことを思いながら迷宮の外へ出ると、皆の姿があった。

「ただいま」

「ルシエル様！　ご無事でしたか」

ライオネルは驚きながら、真っ先に喜んでくれた。

やはり若返ってから少し熱血漢になった気がする。

それとは対照的に師匠は俺の姿を見て安堵したのも束の間、視線を逸らして迷宮を睨んだ。

「ああ。闇龍が邪神の呪いで衰弱しきっていたから、大した戦闘にはならなかったよ。今は夕暮れか」

夕暮れというよりも、既に日が落ちようとしているところだ。

あれ、一日で踏破したってことか？　いや一日半だろうな。それにしてもかなり早く迷宮を攻略することが出来たんだな。

「ルシエル様を待ちながら皆で食事をしていたところでした。ルシエル様もいかがですか？」

「そういえばお腹が空いているな。ありがたくいただこう」

ケフィンに勧められて食事をすることにした。

料理を口に運びながら迷宮について感想をポツリと漏らす。

「視界が悪かったのにも拘わらず、そこまで苦労せずに迷宮を踏破することが出来た。だけどもしグランドルの迷宮と逆だったら踏破することが出来たかな？」

「確かにあの迷宮はレベルを上げるのに最適でした。各々の実力が伸びたおかげで二日かからずに踏破出来ましたが、逆だったら私と旋風が苦戦し、龍の解放も難しかったかもしれませんね」

「私もそう思います。旋風様にコツを教えていただいていなければ、解除が難しかった罠も多かったです」

もはや運命神と豪運《ごううん》先生が導いてくれた気がしてならない。

そう考えると、あの時の行動も、聖属性魔法を失った過去も、全て意味があるような気がして報われる思いだった。

「それで師匠とライオネルはレベルが上がって少しは力を取り戻せましたか？」

「いいや」「はい」

おっと、師匠とライオネルで考え方が違うらしい。

「はっ、ようやく三割だというのに取り戻せたとでも言うのか？」

「全盛期にはまだまだ程遠いのは事実だが、対人戦なら何とかなるだろう」

師匠とライオネルがまた火花を散らす。

だけどライオネルには魔族化している可能性の高いクラウドを斬ってもらわないといけない。

「さて、ドラン達も待っているだろうし、一度エビーザへ戻ろうか？」

暫《しば》しの間を空けてから、ライオネルが答える。

「ルシエル様、もう一度迷宮へ潜りませんか？」

「その理由は？」

「一週間のうち二日を消費しました。最後の一日は休養日に充てるとしても、残りの日数は屋敷でゆっくりと過ごすよりも研鑽を積みたいのです」

「俺も同意する」

さっきまで火花を散らしていたのに、こういう時だけ意見が合うんだから……。

「皆はどう思う？」

俺も張り詰めていた緊張感が数日後に帝国との一戦を控えて緩むとは考え難いけど、底上げも悪くない選択だと思っていた。

それに迷宮なら闇龍の力を試しつつ、有用な使い方を思いつくかもしれない。

しかしここで反対意見が出た。

「ですが、一度踏破した迷宮の魔物は弱くなるのでは？」

「そうニャ！　外で野営するよりもボス部屋で睡眠を取った方が警戒しなくていいニャ。どうするかを決めるのは魔物を見てからでもいいと思うニャ」

「私はエビーザへ帰りたいです。帝国のスパイがまだいる可能性もありますし、ドランさん達の状況を確認した方がいいです」

ケフィンやエスティアが反対の意見を述べるのは分かっていたが、ケティも少しずつ考え方が変わってきたのか、ライオネルの考えに対して完全に賛成はしなかった。

そして俺は皆の意見を聞いてから考える。

確かに底上げは大事だけど、レベルはそこまでポンポン上がる時期は終わっているので、この迷宮では正直あまり効果的ではない。

それに闇龍を含めた龍の力を引き出すのも、別にここでなくても良いと判断した。

何よりエスティアが言ったように飛行艇が狙われたら目も当てられない。

ここは師匠とライオネルに折れてもらうことにした。

「皆の考えは分かりました。師匠とライオネルには悪いですが、ドランに頼んで模擬戦が出来る場所をエビーザの町中に作ってもらいます。帝国へ行くまでそこで修練をしましょう」

「仕方ないか……」

「それが一番建設的ですか。分かりました。それでは戻りましょう」

「ええ」

師匠とライオネルは模擬戦が出来ると聞いて直ぐに折れてくれたので、食事を食べ終えた俺達はエビーザへと戻ることにしたのだった。

エビーザへの帰り道は特に問題はなかったが、今までとは違い暗闇でも視界が確保されている気がした。

闇の精霊と闇龍の加護のおかげで闇属性との親和性が高くなったからだろうか？　そんなことを考えながらフォレノワールの背に乗っていると、フォレノワールから念話で注意されて、馬上に集中した。

そんなこんなでやっとエビーザへと戻ってきた時だった。

ドォオオーンと腹に響くような爆発音が鳴り響いてきたのだ。

「急ぐぞ」

しかも爆発音がバザック氏の屋敷の方だったので、町中をフォレノワールに乗って駆け抜けた。

屋敷まで戻ってきたところで俺の目に映ったのは、飛行艇から煙が立ち上っているところと、ポーラのゴーレムと思われる残骸がそこかしこに飛び散っている光景だった。

一体どれだけ強い魔族が現れたんだ。

焦りながらも気配と魔力を必死に探るが、魔族や魔物特有の気配も魔力も特に感じなかった。

「あ、ルシエル様、皆さんもおかえりなさい」

「ルシエル様、皆さんを止めてください。お庭がぐちゃぐちゃになってしまいます」

そこへリィナとナーニャが現れて、俺達を出迎えてくれた。

フォレノワールから下り、状況を確認するために話を聞くことにする。

「ただいま。まず確認なんだけど、魔族の襲撃とかではないのか？」

「はい。皆と一緒に魔導砲の試作品を作り上げたんです。今は威力や命中率を確かめながら、調整していました」

「さすがにもう日が沈んだので、近隣の方々にご迷惑になるとお伝えしたのですが……」

俺はその話を聞いて、ドラン達を一昨日から放置していたことを後悔した。

まさか魔導砲を作っているとは、さすがに想定外だった……。

「はぁ～。まさかもう試作に取り掛かっているとは……ドラン達を甘く見ていたか。分かった。行こう」

魔族の襲撃ではないことに安堵しながら、ドラン達を注意しに向かう。

「ドラン、皆戻ったぞ」

「おおっ、ルシエル様、こちらもようやく魔導砲が形になってきたところだ」

ドランは嬉しそうにそう告げる。魔導砲を見やると、三砲が飛行艇に取り付けられていた。

「ああ。町の入り口まで轟音が響き渡っていたぞ。それにしても何故三砲も取り付けたんだ？」

「中央にある魔導砲は一撃必殺の破壊力を持っているし、左右に取り付けたのは、威力はそうでもないが連射出来るようにしたものだ。リィナのアイディアだな」

リィナを見ると褒められて照れているが、ドランの掌で転がされていることを知るのはいつになるかな。

生温かい目を向けて主砲のことを確認する。

「主砲を搭載する話は出ていたけど、既に設置までしているとはね」

「この分なら帝国へ突っ込む時に翼竜《ワイバーン》の牽制として使えるだろうと思ってな」

「確かに牽制には使えるだろうけど、ポーラのゴーレムを砕け散らす威力まではいらない気がするんだけど？」

「先程はまだ威力を抑えていたのだ。そうでなければ飛行艇の飛行に支障が出てくるからな」

一体何処を目指して何を破壊しようとしているのだろうか？　一度釘を刺しておくか。

「魔導砲の出番は、飛行艇が撃ち落とされそうになった時と、もしもの際に空から施設を破壊する時だけだよ。人に向けて撃つものではないし、帝国と戦争して破壊するためでもないからね」

「そんなことは分かっておる。別に無関係な者達を巻き込んで虐殺することなど考えてはおらんわ」

心外だと言わんばかりに怒鳴られてしまった。

そこで肩を叩かれたのでそちらに目をやるとポーラがいた。

「お爺は対邪神用に放つことを想定している。ルシエルを守り支えるのが私達の仕事だといつも言っている」

ポーラのその言葉に嬉しさがこみ上げてくる。こういう輪が広がっていけば、闇龍との約束が果たせるのかもな。

それにしても本当に俺にはもったいないぐらい有能な従者達だけど、目的のためならどんな犠牲でも払おうとする精神はさすがに止めてもらうことにする。

「そっか、ドラン、すまなかった。皆もありがとう。今後もよろしく頼む。だけど、もう日が落ちて夜になったから、魔導砲の試射は終わりにしてくれ。あの轟音が続いたら子供だけじゃなく、大人達も不安がって眠れなくなってしまうだろうから」

「うむ。仕方あるまい」

「あ、ドランには頼みたいことというか相談ごとがあるから、これから少しいいかな？」

「もちろんだ」

こうして俺達の夜は更けていくのだった。

21　戦闘準備

迷宮から戻って早四日。明日の早朝に帝国へと突入する件で、最後の作戦会議を飛行艇の中で行うことになった。

ちなみにこの四日間は、ドランに作ってもらった地下の訓練場でライオネルの対人戦を強化するため、一対多の模擬戦を何度も何度も繰り返していた。

回復役として参加を表明したのだが、それだけではすまなかった。

模擬戦だけに時間を費やすわけにはいかず、それ以外の時間を有効的に活用するべく、エスティアと共に魔法の研究を行った。

少しだけ期待していたが、闇の精霊が協力してくれることはなかった。

それでも身体を使う模擬戦と脳を使う魔法研究のバランスが良かったのか、色々と実になる期間だったと思う。

まぁポーラとリシアンとリィナが暴走したせいで、全員が死にかけたのだけはいただけなかったが、それ以外は本当に充実した日々だった。

皆が飛行艇の食堂に揃ったところで、作戦会議を始めた。

「まず飛行艇で明日の日の出前に帝都へ突入する。そして俺達が降りたら飛行艇は速やかにエビーザ方面へと退避してもらう。責任者はドランだ」

「本来ならば戦いたいところだが、仕方あるまい。但しエビーザまでは戻らずに帝都上空を飛行しておくぞ」

「主砲が完成したとはいえ、本当に翼竜《ワイバーン》と戦うつもりなの？」

「もし失敗した時に、救出するための手段を確保せずにどうやって助けるのだ」

「分かっているけど、決して無理はしないでほしい」

「うむ。任せておけ」

ドランなら大丈夫ということにはならないが、任せる相手がドランしかいないので、信じることにする。

「次に帝都へ降下したあと帝国軍に阻まれたとしたら、ライオネルに演説してもらい城を目指す」

俺は皆にそう話しながら、今朝方ライオネルに頭を下げられたことを思い出していた。

本来であれば、飛行艇から派手に降下して帝都内で翼竜と戦う予定だった。

しかし翼竜を撃ち落とした場合、建物を壊す恐れもあるので、住民を極力巻き込まないように派手な登場は控えたいとの申し出があったのだ。

それでも演説の際には魔族と帝都内で戦うことになる可能性もあり、この場合はどうしても住民を危険に晒すことになる。

だけどそれについては、現在の帝国の真実を住民に知ってもらうのに必要なことだと、ライオネルは俺に頭を下げて言った。

「ルシエル様に相当な負担をかけてしまいますが、魔族となった者達もその場では誰も殺さないでいただきたいのです」

あまりに無茶な要請だった。しかしライオネルが軽い気持ちでそんなことを言ったとも思えなかった。

「無茶苦茶なことを言っている自覚はあるよな？　何か理由があるのか？」

「はい。ルシエル様なら、それでも成し遂げられると信じています」

「答えになってないし、なんとも簡単に言ってくれるよ」

しかし俺の軽口にもライオネルは視線を外すことはなく、本当に俺なら出来ると信じているような目を向けてきたため、何も言えなくなってしまった。

「ルシエル様に帝都で住民達の信頼を勝ち取ってもらうためです。どうか、よろしくお願い致します」

ライオネルに頭を下げられると、こちらも頭を下げたくなるから不思議だ。

俺がどれだけ頑張ったとしても限界があることは分かっていて、それでも出来ると判断したのだろうな。

「はぁ～本来なら絶対にしないぞ。でも従者筆頭のライオネルが俺を信頼しているのだから、誰も死なせないように頑張ってみせるさ」

「ルシエル様、ありがとうございます」

「その代わり、指揮はライオネルに全て任せるぞ。俺は住民の回復と魔族化した者を弱体化させることを担当する。それとサポートも頼む」

さすがに皆の指揮を執るのは無理だし、敵が近づかないようにサポートしてくれる人がいないと、困難だ。

「はっ。身命を賭して、為すべきことを為します」

こうして作戦の変更を申し出たライオネルに、俺は帝国へ入ってからの指揮権を委ねることに決めたのだった。

「皆も危険が増してしまう中、承認していただき感謝する」

ライオネルはもう何度目か分からないが頭を下げた。

律儀なライオネルに何故かこそばゆさを感じながら、俺は話題を変えることにする。

「しかしライオネルの装備ってこんなに厳《いか》つかったのか」

「ニャ。ライオネル様は赤と黒の鎧を纏って戦場を駆け回っていたニャ。昔と同じように覇気が溢れているように見えるから、帝都民にライオネル様が本物だと分からせることが出来るはずニャ」

ケティが太鼓判を押すライオネルの装備は、帝国将軍時代につけていた装備を、ドランが忠実に再現して作ってくれたものだった。

戦鬼将軍をしていた時と全く違和感がなくなったと嬉しそうに頷いている。

確かにこの厳つい鎧を着て、帝国特殊部隊を屠った顔で戦場を駆け回れば、戦鬼将軍として敵に恐怖を与えていたのも納得出来た。

もちろんそれだけではなく、若返ったことの対策としてずっと無造作に伸ばしていた髭を有効的に

使うことにしたのだ。

「兜《かぶと》がフルフェイスではないのは顔を見せるためだけど、人族が相手なら弓矢による攻撃も予想出来る。その辺の対処は大丈夫？　それと本当にこれでライオネルだと分かってもらえると思う？」

「ライオネル様には何故か矢は当たらないニャ。それと髭を伸ばしたライオネル様は、昔のライオネル様のイメージのままニャ。きっと帝都民はライオネル様の声に呼応するはずニャ」

矢が当たらないなんてスキルがあったら欲しいが、相手にプレッシャーを与えるってことなのだろうな。

それにしてもあの無精髭こそが、今回の作戦を成功させるための重要なファクターだとケティが力説したのには驚いたな。

まぁ結局俺達も信じることにしたけど、後々考えると不安になるものだな。

「そしてその声量を増幅させる魔道具でライオネルが帝都民に呼びかければいいのだな？」

魔道具として拡声器を開発したのはリィナだった。

「魔力消費はそれほどなく使えるようになっています。これでテストも終わっていますし、私達は皆さんが成功されるのを祈るだけです」

「それはありがたいけど、あれだけ嫌がっていたのに、本当についてくるのか？」

「はい。最初は怖かったですが、私の作ったテンペルンが翼竜を吹き飛ばすところを見てみたいですから」

きっと主砲はドランが作ったものだから、テンペルンというのは飛行艇の左右についている副砲として設置された魔導砲だろう。

しかし戦う予定がないことは何度も言っているのだが……。

目の下にあれだけ隈を作っていながら清々しく笑う彼女に、俺はもう何も言えなかった。

しかしその隣には涙目になってリィナを見つめるナーニャの姿があったので、声をかけることにした。

「ナーニャはここに残ってもいいんだぞ?」

「いえ、知らない人しかいない場所で一人で過ごすことなんて怖くて出来ませんから、ついていかせてください」

「……分かった」

泣きそうな顔をしながら、ナーニャがそう告げたので、何故か罪悪感が芽生えてしまいそれ以上は聞かないことにした。

「一応最後の確認だけど、突入するのは俺、師匠、ライオネル、ケティ、ケフィン、エスティアの六名だけだ。飛行艇はこれからの行動に関しても重要なものだから、ドランは引き際を間違えないでくれ」

「「「はっ」」」「「「「はい」」」」「おう」「おー」

ポーラの棒読みの返事に苦笑しながらも、こうして作戦会議は終了した。

その後は皆で夕食となり、これが最後の晩餐にならないことを誓い合って、明日の帝国に向けて英気を養うのだった。

22　フォレノワールの実力

瞬く間に帝都へ突入する日がやってきた。

俺は飛行艇の自室で起きてからずっとストレッチをして身体をほぐしていた。そして空が少しだけ明るくなってきたのを見て操縦室へ向かった。

すると既に先客がいた。

「おはようドラン、眠らなかったの？」

「おおっルシエル様。最近ずっと魔導砲の開発に力を入れていて、飛行艇のメンテナンスをしていなかったので、キチンと整備しておいたのよ。こいつも日の目を見せてやりたかったからな」

ドランはそう言って、リシアンが開発した索敵機を手に持っていた。

「それはリシアンが開発しているものですよね？　完成したんですか」

「いや、まだ五割といったところだろう。魔力感知の精度はいい線をいっているが、範囲が狭すぎる。いずれはこの飛行艇につけることを目標にしているが、まだまだ時間がかかりそうだ」

ドランはそう言いながらも、開発者のリシアンよりも索敵機を気に入っているように見えた。

だからヒントになればと思い、リィナと相談するように告げる。

連射出来る魔導砲を考えられるのなら、きっとモニターぐらい直ぐに思いつくだろう。

「リィナは確か、そういう分野が得意だったはずだから、面白いアイディアが出てくるんじゃないか？」

「うむ。確かにあやつならば、面白い視点と考えをしているからいいかもしれん」

ドランはリィナのことを弟子として認めているらしい。やはり孫の好敵手《ライバル》なら、ドランにとっては可愛いものなのだろう。

まぁ技術者だから、認めるところは認めるし、駄目なら厳しいことも言うだろうけど……。

「さて、それじゃあ朝食前だけど皆が起きる前に発進させちゃおうかな」

「うむ。整備も完璧に終わっておるから、いつでもいいぞ」

ドランがいてくれるから、安心して飛び立つことが出来そうだ。

と、ここで一つ確認しておきたいことを思い出した。

「ところで、飛行中でも操縦は代われるよね？」

「大丈夫だが、途中で代わる予定はなかったはずだが？」

「もし帝都へ着く前に翼竜《ワイバーン》とかち合ってしまった場合は、魔導砲を使わずに直接俺が叩きに行こうと思って」

「飛行する大型の魔物を相手に空中戦をするつもりなのか」

ドランは急に強い口調になった。

まぁその心配は分かる。誰かが同じことをすると言ったら、俺もまずは正気を疑う。

でも、今回は俺だから出来る作戦でもある。

「龍種系統なら加護の影響で大丈夫だと思う」

「……分かった。その時が来たら責任を持って代わろう」

俺の言葉を聞いて、ジッと俺の目を見つめること数秒、ドランが折れてくれた。

「それじゃあ行こうか」

「皆は起こさなくてもいいのか？」

「ああ。どうせ数時間は空の旅だから、眠れるうちに眠っておいてもらった方がいいだろう。特に師匠は落ち着かないだろうし」

「がっはっは。確かにな」

ドランの笑い声を聞きながら俺は操縦席の水晶を押し込み、魔力を注ぎ込んで飛行艇を起動させた。

するとまだ薄暗い空へ向けて飛行艇は徐々に高度を上げていく。

俺は手を前方へとスライドさせ、飛行艇を発進させた。


帝国へ向けて徐々に速度を上げていると、師匠達が操縦室へとやってきた。

「おはようございます。まだ寝ていてもいいですよ？」

しかし師匠は眉間に皺を寄せ、ライオネル達もまた苦笑いをしている。

きっと皆もしっかりとは眠れなかったのだろう。

「ルシエル、ハッチを開けろ」

師匠はそう告げてデッキへと移動していった。

「自由だな」

「気持ちが昂ぶって、寝るに寝られなかったのです。旋風は特にそうでしょう」

「？」

「さすがにいつも通りとはいかないニャ」

ライオネルとケティは帝国出身だから分かるが、ケフィンは少しだけ眠そうだった。

きっとケティに起こされたのかもしれない。

「……見張りぐらいは出来ますから手伝わせてください」

何もしていないと眠くなりそうなのだろうな。

そんなことを思いながらエスティアに顔を向けると、彼女にも目的があることを思い出した。

「一人でいると色々考えてしまって不安になるので、一緒にいさせてください」

皆がそれぞれの思いを言う。

「そうか。でもやることはないから、皆は戦略を練るなり食事をするなりしてくれていいから」

「「「はっ（はい）」」」

皆が来てくれて、俺も少し安堵することが出来たのだろうか、自然と笑みが零れるのだった。

そして飛行を続けていると、この間に潜った迷宮の上空を通過していく。

これでこの山を越えると、帝国の領土に侵入することになるので、緊張感が増していく。

「帝国領に入ったぞ。これから街道に沿って上空を飛行する」

ここからは全速力ではなく、徐々にスピードを落としながら高度は更に上げていく。

こうしないと空気を切り裂く音で鳥や獣、魔物が騒ぎ始め、飛行艇での襲撃がバレる可能性があるからだ。

山から離れているのも同じ理由からだ。

「心配があるとすれば、先行しているアルベルトさん達だな。問題を起こすことなく侵入出来ているといいけど……」

「ルシエル様、殿下のことはお気になさらず、単独で動いている意識でまいりましょう」

「そうニャ。あの時、一緒に行かないことを選択してくれて正直良かったニャ」

二人がかなりあっさりと、アルベルト元殿下がいてもいなくても変わらない存在だと告げたことに少しだけ驚いた。

「何かやらかしてしまう不安要素が昔からあったの？」

「殿下は驚くほど口が軽いのです。だからメルフィナが婚約者として殿下についていたのです」

「確かに感情的になりやすそうな人だったからな……あれは⁉　ドラン、操縦を任せる」

「どうしたんだ？　何かあったのか」

ドランはいきなり話しかけられて驚きながらも操縦を代わってくれた。

「さっき下の方に大きな羽を広げた鳥が見えた」

「この暗闇で見えたのか？」

「たぶん。闇龍の封印を解いてから、夜目が利くようになったんだ」

ドランは不思議そうに言うが、本当に加護による恩恵があることを、俺自身も実感していた。

「ルシエル様、一体であれば、バレていない可能性の方が高いのでは？」

ケフィンはそう言ったが、残念ながら俺が見たのは翼竜部隊と名付けられていてもおかしくない十体を超える鳥だった。

「いや、見つけたのは集団で、しかも襲われているのはたぶんレジスタンスだと思う。応戦していても魔法が放たれているように見えないからバザック氏とは違う部隊かもしれない」

「作戦に支障をきたす可能性もあるので放っておいてもよいのでは？」

「もし仮にアルベルトさんがあの集団の中にいたら面倒だと思ってさ」

「確かにそうなると目も当てられないですが、ルシエル様がお一人で出られるのですか？　それはさすがに容認出来ませんよ」

「大丈夫。全く負ける気がしないし、俺は一人じゃないから。ドラン、この速度と高度を保ったままで頼む。全てが終わったら、回収口を開けてくれ」

「分かった」

「ルシエル様、誰と行かれるのですか？」

「相棒とだよ」

俺が笑いながら操縦室から出て、リフトへ直ぐさま移動しデッキへ出ると、師匠がいた。

「下の連中を助けに行くのか？」

「はい」

「俺も連れていけるか？」

「師匠、ここは俺に任せてください。師匠には帝国での指揮を任せたいんです」

「……行け」

「はい」

俺はフォレノワールを隠者の厩舎《きゅうしゃ》から出して、現在の状況を軽く説明した。

「フォレノワール、そういうわけだから、今から翼竜の群れを叩きに行く。手伝ってもらえるか？」

『分かっていて言っているでしょ。私も久しぶりに力を使うから、足りなくなったら精霊として貴方の魔力をもらうわよ』

「ああ。飛行艇を落とさせるわけにはいかないからな。ただし許容範囲で頼むぞ」

『いいわ。乗って』

「ああ」

俺はフォレノワールに騎乗すると、俺達専用の出入り口を後で作ってほしいとドランにお願いすることにした。

そしてリフトを降下させて、少しだけ明るくなった空へと飛び出した。

飛行艇から飛び出した直後、風に煽られて一瞬バランスを崩しかけたが、ここでフォレノワールの身体が光り出し、馬体が黒から白へと変わっていくと、翼が生え、飛行が安定した。

いや、翼自体は飾りのようなもので、フォレノワールは普通に空を駆けていた。

さすがに少し驚いたが、高度があるからか冷たい空気が肌を刺すため、冷静になっていく。

自分らしくないことをしていると自覚しながらも、決して蛮勇にはならないよう、相手を無力化させることだけに集中することにした。

「基本的に遠距離攻撃は出来ないけど、攻撃を受けたら即時回復はさせるから、フォレノワールの力を見せてくれ」

『それならしっかりと掴まっていなさい』

「ああ」

念のためにエリアバリアを発動させ、急にスピードを上げると、少し離れた場所を、十を超える数の翼竜達が集団飛行していた。

『突っ込むわ。どう行動するかは貴方に任せる。私も私に出来ることをするから、一緒に頑張りましょう』

「ああ、行こう」

フォレノワールが空を駆けながら、目の前に五つの魔法陣を展開させると魔法が発動された。

その魔法陣から放たれたのは光の線だった。

攻撃なのだからレーザービームとでも言えばいいのだろうか？　糸を引くような一筋の光が、光線上にいた翼竜達の翼を貫き焼いてしまった。

そのレーザービームが何度も魔法陣から放たれると、集団でいたはずの翼竜部隊は次々と翼を焼かれたダメージによって落ちていく。

空を舞台に繰り広げられる乱戦を思い描いていた俺には、その圧倒的な戦いに唖然とすることしか出来なかった。

『あれぐらいなら死なないわ。でも追いかけても狩れないでしょうから、任務完了ね』

「……フォレノワールさんや、少し圧倒的すぎやしないか？」

『少し加減を忘れていただけよ。それに今回は相手がこちらに気がつかなかったから攻撃がまともに入ったけど、普通ならこんなに魔力を節約するのは難しいわ』

加減したのか、していないのか分からないが、たぶんしたんだろうな。

「まぁお疲れ様。レジスタンスの中に知った顔はないし飛行艇へ戻ろうか」

『ええ。あ、でもまだいくつか魔物の気配がするから、飛行艇の上で待機していた方がいいわ』

「了解」

フォレノワールの助言を素直に聞き入れ、魔通玉《まつうだま》を取り出してドランへ連絡を取った。

飛行艇の上へと着地した俺は飛行する魔物に対して警戒する旨を伝え、まだ見ぬ帝都へと視線を送るのだった。

23　帝都潜入

フォレノワールが帝国の翼竜部隊《ワイバーン》を鮮やかに屠ってからは、魔物の気配はあるものの、上空を飛行するこちらへの攻撃手段がないのか、帝都が見えてくるまで戦闘はなかった。

正直なところ、戦闘を回避出来たのは運が良かった。

「フォレノワール、そろそろ帝都へと到着するから、皆のところへ向かうぞ」

『いいけど……少し気になることがあるわ』

フォレノワールが遠くに見える帝都を見つめながら念話で話しかけてくる。

「どうしたんだ？」

『さっきからあの街の様子を探っているのだけど、気配も魔力も一切感知出来ないようになっているみたいなの』

「気配も魔力も感知出来ない？」

『ええ。これだけ近づいているのに……もしかすると、あの街に結界が張ってあるのかもしれないわ』

天馬《ペガサス》になった今の状態であれば、フォレノワールはかなりの索敵能力があるはずだ。

それなのに何も感じないということは、とても強固な結界なのだろう。

「それは厄介だな。何事もなければいいんだけど……このまま突っ込んでも平気だと思うか？」

『そうね。結界自体は問題なく通過出来ると思うけど、きっと何かあるわ。だって外壁を守っている衛兵の姿が見えないもの。ただ隠れているだけかもしれないけど……』

「索敵出来ない上に衛兵が一人もいない……か。確かにそれは妙だな。いくら夜明け前だとしても見張りがいないとかありえないだろう」

この国には魔物が度々現れるのだ。そんな国を守る衛兵がいないなんて、普通じゃ考えられない。

ただアルベルト元殿下や聖女メルフィナさん、バザック氏が結界のことを俺達に告げていなかったことからも、実際に結界があるのか判断出来なかった。

もしかして既にアルベルト元殿下達が突っ込んで騒ぎを起こしたあとなのか？　いや、彼等もそこまで愚かな行為はしないだろう。

バザック氏がいるのだから、大抵は乗り越えて帝都へ潜入している頃だろう。

まぁ警備がザルならありがたいし、こちらの動きを読んで罠にかかるのを待ち構えているのであれば早速戦闘になるかもしれない……。

『帝国兵の統率が取れていないのかもしれないけど、罠かもしれないってことね』

どうやらフォレノワールも同じことを考えていたらしい。

「警戒して損はないからね。まぁ首尾よくあの殿下とその従者達が帝都の衛兵を仲間に引き込んでいることを願いたいものだけどな」

『……それで本当にこの中へ戻るの？　このまま先に行って暴れてもいいのよ』

「それはパスで。フォレノワールの力は分かったけど、殲滅《せんめつ》するための戦いじゃないからさ。それに飛行艇をゆっくりと帝都に下ろせるならいいけど、不確定すぎるから俺が皆を連れて帝都へ侵入した方がいいんだ」

『そう。分かったわ』

フォレノワールはそう言うと、飛行艇から昇降リフトまで飛んでくれた。

『また力が必要になったら直ぐに呼びなさい』

力を抑えて天馬から馬に戻ったフォレノワールは、そう言って隠者の厩舎《きゅうしゃ》へと帰っていくのだった。

「本当にフォレノワールは俺の考えを尊重してくれる頼りになる相棒だな。今度何かしてほしいことがあったら出来る範囲で応えよう」

そんなことを呟きながら、直ぐに操縦室へ向かう。

「今戻った。って、どうした？」

操縦室へと入ると、皆の視線がこちらへと集中する。

「どうしたもこうしたもないわ。あの馬は何じゃ？　翼竜部隊を一瞬で片付けてしまうとは……おかげで魔導砲を放つ機会を失ってしまったぞ」

その割にドランは随分とうれしそうな顔をしていた。

「あ〜あ、確かにそうだね。俺もあんなにフォレノワールが強いとは思っていなかったから」

そんな言葉を口にしながら、何だか笑えてきた。

「くっくっく。そうか、それならば仕方ないな。それで飛行艇はこのまま進めても良いのだな？」

「ああ。だけど帝都には結界が張ってあるみたいで、気配も魔力も読めなくなっているって、フォレノワールが言っていた。もしかすると待ち伏せの可能性もあるから、降下する皆には飛行艇から一緒に飛んでもらうぞ」

「……ル、ルシエル様、本当にこんな高いところから飛んでも平気なんでしょうか？」

そう尋ねたのはケフィンだった。

表面的にはいつも通りの様子だったが、少し緊張しているように見受けられた。

これはもしかすると、犬が高いところが苦手なのと同様なのかもしれないな。

高所恐怖症はまぁ本能的なことなんだろうな。

「魔力がたとえ枯渇することになっても、無事に着地するから安心してほしい」

「……いえ、出すぎた真似を致しました」

表情を強張らせたまま無理やり笑顔を作ったケフィンはそう言って頭を下げた。

それがおかしくて、俺は大いに笑った。

「ははっ。地上に着いたら頼むぞ。もしかすると、いきなり全方位から矢や魔法が飛んでくるかもしれない。対処は任せるぞ」

「はっ」

「確かに殿下は抜けているところがあるから心配ニャ」

「確かに殿下は昔から色々とやらかしてしまうので、心配ではありますね」

ケティとライオネルが真顔で怖いことを言っているが、どうやらかなり真実味がありそうだな。

「まぁ捕まっていたと仮定して突っ込む気ではいる。ところでこの時間帯に翼竜部隊が飛び回るってことは普通なのか？」

「いえ、私達がいた頃は、偵察する任務が主だったので、この時間帯に飛び回ることは殆どありませんでした」

「たとえ突入がバレていても関係なく城の中まで導いてやるさ」

「何があってもルシエル様はお守りいたします」

師匠とライオネルが頼もしい。

「指揮はお任せします。エスティア、後回しになってしまうけど奴隷商のこともしっかりと対応するから待っていてくれ」

「はい。ルシエル様、よろしくお願いします」

「ドラン、迎えを頼む」

「任せておけ」

「あれ？　ポーラはいないのか？　それじゃあリシアン、ドランのサポートを頼む」

「はい。畏まりました」

「リィナとナーニャはドランの言うことをしっかりと聞いて、魔導砲を放ってくれ。かなりの魔石を使うものなのだから」

「うっ、わ、分かりました」「は、はい」

魔力で飛行艇が動いているのに魔導砲を撃ちすぎて魔石が空になったら目も当てられないので、釘を刺しておいたけど、二人は直ぐに頷いてくれた。

あれだけバカスカ撃っていたけど、実験と実戦は違うからドランの言うことを聞いてくれるだろうな。

「じゃあそろそろ行こうか」

「「「はっ（はい）」」」

「ドラン、こっちは任せます」

「おう、絶対に生きて帰ってくるのだぞ」

「はい」

その会話を最後に、帝都へと侵入する面子《メンツ》でリフトまでやって来た。

「皆で手を繋いでくれ、帝都の真ん中まで飛行するから、場所の指示はケティに頼む」

「分かったニャ」

「エスティア、出来たら闇魔法で俺達の姿を隠せるか？」

「はい」

エスティアの魔力が俺達を包んだ。

「それじゃあ行くぞ。【風龍よ、空を自在に飛翔する翼となれ】」

やはり六人ではさすがに重く、魔力消費が大きい割にあまり思い通りには浮かない。

それでも徐々に身体が浮かび上がるので、皆で一緒に飛ぶことにした。

「自由落下にしてそのスピードを軽減させながら移動する。信じてくれ」

皆はただ頷き、一緒に飛んでくれた。

その瞬間、誰かに抱きつかれたかのような重さを感じたが、俺は飛ぶことに意識を集中させてケティの指示通り徐々に落下していく。

そして体感で三分ほどの自由落下により、無事に帝都中央広場へと下り立った——その時だった。

「——【風龍よ、全てを遮る風の防壁となれ】」

俺は着地したと同時に今度は風の防壁を唱えた。すると次の瞬間、矢や魔法が一斉に飛来してくる。

そして全ての矢と魔法が風の渦に呑み込まれていった。

「やはり張られていたか」

「ルシエルはその場で待機していろ。闇の嬢ちゃんはルシエルの護衛。戦鬼は二人を連れて前面の敵を任せる。後方は俺が行く」

「「「「はい」」」」

「一人で平気か」

「ぬかせ」

直後、師匠の姿が消え、皆も一斉に動き出した時、背中から声が聞こえてきた。

「ルシエル、ゴーレムは？」

「……!?」

声をかけられてようやく自分が感じていた重みに気がついた。

鎧越しで分からなかったけど、ポーラが俺の背中に張り付いていたのだった。

「何でいるんだ？」

「帝国に魔導砲を放つなって命令が出た。でもお爺の腕を奪った原因を作った帝国に、一矢だけでも報いたい。お願いします」

ポーラが珍しく長めの言葉を口にして、頭を下げた。

このお願いを断れるなら、きっと俺は帝国には来ていないだろうな。

そんなことを思いながら、ポーラに指示を出す。

「ついてきてしまったのは仕方ない。説教はあとでするからな。ゴーレムはまだいいよ。だけどいつでも呼び出せるようにして待機しておこう。向こうに見える城へと続く門を破壊してもらうかもしれないから」

「分かった」

少しだけ不満そうな顔だが、しっかりと頷いたポーラだった。

そんなことをしている間に攻撃の雨がいつの間にか止んでいた。

そこで風の防壁を解除すると、師匠とライオネル達が戻ってきた。

「もう制圧したのか？」

「いえ、魔族はいなかったみたいで、何人か相手にしていただけで、私を攻撃していることに気がついたらしく、武器を捨て始めました」

「敵兵の中にライオネル様と叫んだ人がいたニャ」

ライオネルは戸惑ったように、ケティは嬉しそうにそう報告してきた。

「攻撃をしてきた者達は今から全員が出てきますので、彼等に指示をお願いします」

「それで?」

「なんだろう、凄く面倒事に巻き込まれそうなんだけど」

「お願いします」

ライオネルがとてもいい笑顔でこちらに全てを振ってきたその時だった。情けなく弱々しい声が俺達に向かってかけられた。

「賢者ルシエル、ライオネル先生、助けてください」

声の方に目を向けると、ロープに縛られた状態のアルベルト元殿下が足蹴にされており、足蹴にしていたのは何の感情も持たない能面のような表情のリザリアだった。

そして今頃になって、リザリアが住んでいたのがエビーザだったということを思い出したのだった。

あとがき

【聖者無双】十一巻を手に取っていただいた読者の皆様、大変ご無沙汰しておりました。

十巻のあとがきの冒頭でも記したように、人生何があるか分からない。

それをつくづく感じた腰痛に悩まされ続けたブロッコリーライオンです。

本来であれば昨年の今頃に十一巻が発売される予定でしたが、腰痛が思っていた以上に悪化してしまい執筆出来ず、関係各所の皆様にはとてもご迷惑をおかけすることになりました。

とてもありがたいことにアニメ化が決まり、放映され、コミックスを手に取っていただくことが多くなり、【聖者無双】を知っていただけることが多くなりました。

それだけに原作小説で流れを止めてしまったという後悔が今も強く心に残っています。

本来であればアニメ化が決まったご報告、アニメに関わる裏話、応援していただいている読者の皆様への感謝を伝えたかったのですが、それが出来なかったことをお詫び申し上げます。

そして大変遅れてしまいましたが、アニメ化が決まったこともＡＢＥＭＡで視聴数が好調だったことも応援していただいた皆様のおかげです。

本当にありがとうございました。

さて、今更にはなってしまいますが、アニメ化されて嬉しかったことをお話しします。

まずアニメで各キャラクターを演じてくださった声優の皆様を始め、オーディションに参加していただい声優の皆様の音声データをいただけたことです。

アニメで演じてくださった声優の皆様には感謝しかないですし、とても満足いくものでした。

そして今回は縁を結ぶことが出来ませんでしたが、声を聞いているとインスピレーションが湧き、新たなキャラクターや物語を想像する手助けをしてくれる宝物です。

その素晴らしい宝物をいただけたのはコミックスで【聖者無双】の魅力を引き出してくれる秋風先生の尽力、【聖者無双】の世界観を素敵に投影しイラストにするｓｉｍｅ様、そして見捨てずにいてくれる担当編集のＩ氏のおかげです。

また本書籍に関わる関係者、コミックスからアニメまでお世話になっている講談社、ＴＢＳ、横浜アニメーションラボ＆クラウドハーツの皆様に厚くお礼申し上げます。

末筆ではございますが、二年間という期間を経てこの十一巻を購入してくださった読者の皆様に最大の感謝を!!

GC NOVELS

聖者《せいじゃ》無双《むそう》 サラリーマン、異世界で生き残るために歩む道 11

2024年6月7日　初版発行

■本書は小説投稿サイト「小説家になろう」(https://syosetu.com/)に掲載されていたものを、加筆の上書籍化したものです。

著者
ブロッコリーライオン

イラスト
sime

発行人
子安喜美子

編集
伊藤正和

装丁
伸童舎

印刷所
株式会社平河工業社

発行
株式会社マイクロマガジン社
URL:https://micromagazine.co.jp/

〒104-0041
東京都中央区新富1-3-7　ヨドコウビル
TEL 03-3206-1641 FAX 03-3551-1208(販売部)
TEL 03-3551-9563 FAX 03-3551-9565(編集部)

ISBN978-4-86716-581-2 C0093

ファンレター、作品のご感想をお待ちしています!

宛先
〒104-0041
東京都中央区新富1-3-7　ヨドコウビル
株式会社マイクロマガジン社　ＧＣノベルズ編集部
「ブロッコリーライオン先生」係　「sime先生」係

二次元コードまたはURL(https://micromagazine.co.jp/me/)をご利用の上、本書に関するアンケートにご協力ください。

■スマートフォンにも対応しています(一部対応していない機種もあります)。
■サイトへのアクセス、登録・メール送信の際にかかる通信費はご負担ください。

ころころ幼児が大活躍！
キラキラ異世界転生ファンタジー開幕
老舗酒蔵の若社長だったソータ。
暴漢に襲われ意識を失い目が覚めると、そこは見知らぬ森の中だった。
目の前にはぐーすか眠る巨大猫、そして自分の体は……なんだこりぇ！
ちびころボディで頑張るソータの異世界森暮らしが始まります。
6月28日
発売！

みんなおいでよ
モフモフの森へ！
GC NOVELS
ちびころ転生者の
モフモフ森暮らし
1
ジャジャ丸
イラスト◎.suke

GC NOVELS 話題のウェブ小説、続々刊行!